父親的遺物

陳長慶散文集

坎坷文學路
——寫在《父親的遺物》出版之前

從二〇〇七年到二〇一四年，八年間我相繼出版長篇小說六部，中篇小說及評論各一本。可是在散文創作方面，則只有寥寥可數的這幾篇，故此，我曾把它們歸類為小說創作之餘的副產品。然而並非我獨鍾小說或評論，散文可說是我踏入文壇的啟蒙，無論書寫的篇數多寡，字字都是我心血的結晶，我沒有割捨它們的理由。尤其當累積到一個可成書的數量，更理應為它們做一個妥善的安排，豈能視為敝屣而棄之！它或許就是我決定出版這本散文集的原委。

眾所皆知，散文是一種異於小說、詩歌和戲劇的文體，縱使它有記敘、抒情、議論、詠物與遊記等多種敘述法，大凡書信、日記、小品、雜文、序、跋……等等，幾乎都被歸納在散文這個文類裡。因此，它可書寫的範圍可說相當廣泛，也是初學者邁向文學路途必經之徑，更是作家心靈深處最真誠、最赤裸、最直接的表白，故而它的美學屬性是不容輕忽的。即使它可書寫的題材包羅萬象，然若想寫出一篇讓人印象深刻又感人的散文卻也不是一件容易的事，這是長久以來我對散文的一點體悟。

但是，散文是否可以虛構呢？當這個議題浮上檯面而引起諸多討論時，我曾試著以目前的社會形態與風氣，書寫兩篇虛實交錯的作品〈風雨飄搖寄詩人〉與〈看海〉。當它們相繼地在報刊發表時，果然引起某些讀者對文中人物的好奇和猜想，甚至有人竟大膽地假設我書寫的是某人，足見當前社會就有如此的現象存在著。因此我認為只要深入人心而避免過度渲染，散文似乎是可以虛構的。可是繼而一想，散文這種文類終究不同於小說，一旦虛構似乎就成了小說。故而在虛擬與寫實之間，何者才是我該追求的，的確讓我掙扎了許久。而什麼才是散文創作的最高意境？或許，必須源自作者誠摯的心靈之聲和切身的感受。即使每位書寫者都有不盡相同的表達方式，毋須受到旁人的左右，但經過再三的思慮，倘若不是真情實意的流露，或是內心誠摯的感受，往後虛構的散文我將不再碰觸。

在這本散文集裡，連同序跋雖然只有區區的二十餘篇，但如果依書寫及發表的先後順序來排列，似乎有點零亂，故而我依內容把它區分成五輯，以方便讀者們閱讀。書中除了〈風雨飄搖寄詩人〉與〈看海〉兩篇外，其餘都是我羅患血癌之後的作品。當白血球的指數由先前的三萬八千上升至目前的十萬一千時，如果心裡沒有一點恐慌那是假的，倘若嘴硬說不怕死也是騙人的。每逢拎著簡單的行囊踏出家門準備赴榮總就醫時，內心的懊惱隨即油然而生，那種感受並非常人所能領會。但是，在恐慌、懊惱與死亡的糾纏下，卻也激起我更強烈的創作毅力，只因為此生尚有許多未了的事宜，必須趁著夕陽尚未西下的時刻逐步來完成。一旦錯過，什麼使命或理想，都將淪為空談。

儘管無情的病魔正逐漸地摧殘我的身軀，就猶如黑夜即將籠罩大地，縱使不能讓時光迴轉，生命中燦爛的陽光亦難再重現，但豈能因病魔纏身而喪失鬥志和希望！於是我謝絕所有的應酬亦鮮少出門，把大部分時間給予我熱愛的文學。無論是閱讀或寫作，都能讓我暫時忘卻自己是一個罹患重大傷病的人，它或許就是我此時還能在人間遊戲的主因。尤其在罹病的這段期間裡，我在鍵盤上敲敲打打、拉拉雜雜地寫下《了尾仔囝》、《花螺》、《槌哥》、《小辣椒》四本小說，以及評論《不向文壇交白卷》與《父親的遺物》這本散文集。倘若沒有堅強的意志，而在瞬間被病魔擊倒，或許，我的文學生命早已終止，焉能為這塊生我育我的土地留下這些篇章。即便仍有不盡人意之處，但能夠把它書寫出來總是可貴的；至少，比某些驕傲自大卻又眼高手低的人好許多。

〈一個重大傷病者的心聲〉這篇作品，雖然只是《金門日報．言論廣場》上的一篇投書，缺少了一點文學氣息，可是卻能引起諸多鄉親的共鳴與相關單位的重視。即使只是千餘字的短文，得到的效果則超乎想像。此時把它歸納在散文集裡，似乎並無不妥之處，非僅可以讓讀者們瞭解金門的醫療水準，也同時看看某些醫師囂張跋扈的服務態度。縱使我知道得饒人處且饒人這個簡單的道理，然對於這種沒有同理心卻又不能視病如親的醫師，如果不適時予以提醒，讓他有所警惕，往後勢必更肆無忌憚。

那時，當他擺出一副醫師之尊的高姿態而罔顧醫德時，卻萬萬沒想到，站在他面前這位髮白齒落、穿著粗布衣裳的老人家，手中卻握有一枝筆。而這枝毫不起眼的禿筆，正好可揭露他虛偽的面目，更可把他放肆傲慢的態度公諸於世。所謂人不可貌相，自有它的道理存在。此事經《金門日報．社論》的呼應，議員諸公的質詢，可說在這座小小的島嶼喧鬧一時，署醫始發覺到理虧，也同時警悟到金門人不好惹，金門老人更不可欺，最後不得不指派醫務主任出面解釋。其前因後果，讀者們可從〈風暴之後〉看出一些端倪。雖然事隔多年，可是每當想這件不愉快的事，仍舊讓我血脈賁張，但願老天爺能賜福於這座島嶼，讓金門人免予遭受重大傷病之苦！

回顧二〇〇九年，當榮總血液腫瘤科醫師診斷出我罹患血癌時，惟恐在人間的時日不多，於是火速地把友人為我寫的序言及書評做了一番整理。當我重新拜讀那些文稿時，諸家除了對拙作有著深中肯綮的詮釋外，對老朽更是鼓勵有加。如今我即將遠赴另一個世界，怎可把他們的心血視為敝屣，果真如此，我便是一個忘恩負義之徒，又有什麼格調可言。故此我夜以繼日，依時間的先後順序把它們編輯成書，復以《頹廢中的堅持》為書名，以〈後事〉乙文代序，並於二〇一〇年五月出版面世。

然而，這本書出版迄今已歷經好幾個春夏和秋冬，而我卻還幸運地活在人間。下一個待辦的「後事」，倘若能如我所願由自己來左右，我將義無反顧地以友人費盡心思為我書寫的文章為首要，任憑是隻字片語也是我生命中的奇珍異寶。誠然我熱愛這塊純樸敦厚的土地，卻也珍惜每一個與我誠摯相與的鄉親和朋友，因為他們在我心中同等地重要。

當這本散文集送請出版社評估時，我又相繼地寫了〈父親的遺物〉與〈虛實之間的差異〉等作品。趁著該書尚未進行排版時，我必須把它一併收錄在這本書裡，倘若留待下一本散文集的出版，不知得待何時。尤其是〈虛實之間的差異〉正好可與〈老調重彈〉相呼應，因為這兩篇作品的題材，均與爾時的軍中樂園有關。不可否認地，原本對豆導籌拍的《軍中樂園》影片，抱持著很大的希望。可是當這部片子殺青正式上映後，卻與史實有嚴重的落差，的確讓我感到不可思議。因此，身為當年軍中樂園業務承辦人，我必須以嚴肅的態度來為這段歷史做辯護，並還原它的原始面貌，以免觀眾受到影片的影響而被誤導。

縱然，四十餘年的文學之路坎坷難行，舉步時沿途又滿佈著荊棘與藤蔓，走來可說格外地艱辛。然而，儘管比他人付出更多的代價，卻因所學有限，只能以通俗的文字和語言來表達，未能書寫出意境更高的作品來回饋這塊土地。可是為了未完的理想和使命，無論旁人如何地看待，凡事盡其在我，我無悔走上這條坎坷的文學路。

二〇一四年十月於金門新市里

目次

輯三

輯四

輯五

輯一

看海

今天，我們不約而同地起了一個早，妳不想重登浯鄉的太武山巔，亦不想到景緻悅人的山外溪畔漫步，更不想在家聆聽那些三姑六婆的八卦新聞。當妳忙完日常瑣事而無後顧之憂，當妳把自己妝扮得美美的感到心情極端快慰時，老哥哥決定陪妳看海去。

海，雖然對我們來說都不陌生，但我們心中的海，卻異於一般海洋，因為它沒有洶湧的波濤，亦無滔滔的巨浪，有的只是我們對大自然的熱愛，以及對海的嚮往。這或許是我們的共同處，也是能揚棄世俗的禁忌，忍受眾目睽睽的眼光，成為知己的主因。

我驅車迎妳於一個古樸的小村落，然卻不見古厝上的燕尾馬背，它原有的風采，早已被那街不成街，宅不像宅的建築物所取代。外來的人口亦已凌駕單一姓氏的人丁，讓這個聚落的風華，隨著時代的變遷而褪盡。我站在高處憑弔和凝望，當目光停滯在村郊時，始發覺先人為我們開闢的那條寬闊的大道，早已長滿著野草藤蔓。而該走那一條小徑，該步上那一個山頭，始能讓我們尋找到先賢走過的足跡，方能讓我們佇立在他的塋前行禮膜拜！

妳已備好早點，那是一個蒸得熱騰騰的淡紫色饅頭；妳已泡好茶，那是一壺盈滿著友誼馨香的熱茶。而我何其有幸，能在這個旭日初昇的時刻，前來領受妳這份盛情。或許，在庸俗的人們看來，它只是一份廉價的早餐，然它卻是我人生歲月中，自認為最豐盛的珍羞佳餚，因為溶解在裡面的盡是無限的深情。因而，我的眼眶彷彿有無數春天的露珠在蠕動，蒼老的心也隨著滾落的露珠不停地在悸動，讓我感受到一份前所未有的幸福滋味。而那一聲「趁熱吃吧！」的輕柔聲，是鳥兒的清唱，不是夜鶯的低吟。即使它曾經是我長久以來的企盼，卻只是一個遙不可及的夢想，今天始讓我感受到那份真、那份實、那份源於古中國傳統女性的美德。

我們經過綠葉扶疏的木棉道，走過落葉輕飄的楓香林，溫煦的秋陽已從木麻黃頂端緩緩地昇起，微風輕吹妳烏黑柔軟的髮絲，霎時，一股淡淡的髮香撲鼻而來，讓我沉醉在這個多采多姿的秋日清晨裡。然而，我卻只能感受到那份隨風飄來的馨香，其他的又能感應到什麼呢？即便我們生長在一個新世代，卻也必須遵守夫子口中的傳統道德，一旦背離傳統，一旦背叛道德，勢必會被這個充滿著假仁假義的社會所唾棄。

鹹鹹的海風吹在我們的臉龐，緊繃的神經彷彿在驟然間紓解了許多。我情不自禁地牽起妳的手，而妳的手，是一雙歷經歲月磨難過的厚實之手，即使沒有少女般的細嫩光滑，但我心中所感的，卻是一雙充滿著無窮希望的柔情小手。因此，我使出力氣，緊緊地把它握住，絕不讓它從我的手中消失，也不讓幸福從我們的指隙間溜走。然而，可能嗎？在傳統道德的使然下，它能讓我握到幾時，難道會像浪拍巨巖的水花，在瞬間消失得無影無蹤。頓時，一份無名的失落感從我孤寂的心中衍生，讓我看不到未來的前景和希望，徒留滿地相思在人間。

我們怡悅地躑躅在這個沙白水清的海城裡，那浮出水面的鐵鏽物，是國共對峙時遺留下來的軌條砦。戰爭雖已遠離這個島嶼，但隨著駐軍的裁撤，街景已是一片蕭條。在剛享受到自由的喜悅後，馬上又必須面臨另一個現實的民生問題，善良的島民何辜啊！今天，我們偷得浮生半日閒，必須把平日加諸於我們身上的瑣事拋開，始能讓我們緊繃的神經放鬆，好好享受大自然賜予我們的這份饗宴。

妳以一對深情明亮的目光凝視著我，而後誠摯地笑笑，從妳滿佈喜悅的臉龐看來，裡面似乎隱藏著一份不欲人知的幸福感。於是，妳輕捏了我一下手，是提醒我把握現在，別輕率地讓幸福溜走？還是我們的兩顆心已融合在一起，有待歲月來考驗？抑或是我們的未來已被烏雲所遮掩，永遠見不到陽光、也永遠沒有了希望？可是我始終不認為如此，我一直相信老天爺會賜福於一對在凡間歷經身心雙重苦難的有情人，並會以各種方式來彌補、來成全兩位此生未曾真正得到精神撫慰的心靈伴侶。

我們踩著潔白柔和的細沙默默地走著，而此時，我豈敢多言來破壞這個難得的意境，或許，這就是所謂無聲勝有聲的浪漫時刻吧！但願我們心中的感受一樣。而妳突然走向微波盪漾的海水處，紅著眼眶對我說，如果我們的美夢難圓，湛藍的大海將是我們最美麗的溫床，我們將長眠在這張幸福的溫床上，永不甦醒。我能理解妳對這段感情的認真和執著，我們從艱辛苦楚的農耕歲月一路走來，有青年人的熱血，亦有老年人的純真，彼此間只有誠心的相待，未曾貪圖對方什麼，唯一的是難容於這個現實的社會。妳曾經說這種見不得陽光的感情真教人心酸，為何不做一個切割，以免自尋苦惱。但是能嗎？短短一段時光的相處，遠勝多年歲月，從屢次蒙受老天爺的垂愛，讓我們突破那一道道圍繞在我們週遭的藩籬，把這份得來不易的情誼，提昇到我們生命中的最高境界，讓我們感受到前所未有的歡悅，讓我們體會到友情的真義以及生命的存在價值。因此，我們相處時的每一分每一秒，都是珍貴的、都是值得我們珍惜的！

我們涉水步上一塊大礁石，撿螺拾蛤並非是我們來此的目的，徜徉在大自然的懷抱裡，才是我們的原始初衷。悅耳的濤聲時起時落，濺起的水花輕吻妳烏黑飄逸的髮際，反射出一道怡人的光芒。妳把頭斜靠在我的肩上，一股熟女的體香快速地掠過我的嗅覺，讓我在驟然間如飲醇酒，而後快速地醉倒在妳溫馨柔情的懷抱裡。而我們只能到此，不能再越雷池一步，我們必須受到傳統道德的牽絆，也必須受到社會最高標準的檢驗。因此，只能輕輕拍拍妳溫柔厚實的手，只能輕輕撫撫妳被水花滋潤過的髮絲，且容我把那份難以用語言表明的深情，隱藏在我孤寂的心房裡吧！而何時始能把妳迎回我蟄居的窩巢，何日始能讓我們的美夢成真，且讓我們以一顆誠摯之心共同來等待，因為等待是美的，美得如妳那顆善良之心，美得如大自然的行雲流水。誰教我們生不逢時、相識恨晚；誰教我們兩情相悅、心中有愛而無恨！

潮水已退盡，對岸的漁舟帆影盡在眼簾，我們的心湖並沒有像那洶湧的波濤起伏不定，即使我擁有一顆赤誠之心，即使妳是我心中的唯一，我們依然得懾服於道學家眼中那道有色的光芒。倘若我們意氣用事、一意孤行，勢必身敗名裂。即使能在這個小小的島嶼避過一時，豈能逃過永遠，而那些無辜的受害者更是情何以堪啊！我們用心血、用智慧換取而來的那份聲名，勢必也將付諸水流。

儘管天下有情人終成眷屬是上蒼賜予子民的美意，我們是否該靜候祂的安排，還是要繼續等待，但願無情的歲月，能給我們一個完美的答案。而縱使如此，歲月卻不饒人，我已垂垂老矣，還有幾個春夏秋冬可等待，還能在這個美麗與醜陋、愛與恨交織的人間遊戲多久？我的心彷彿是大海裡的一株水草，時浮時沉，而後隨波逐流，流向遠方，流向古老，流向西方的極樂世界。屆時，想重返人間來相會，已是不能與不可能……。

金色的秋陽已高掛在田浦城的頂端，散發出萬丈的金色光芒。倘若我們沒有來到這個海域，焉能領略到大海的雄偉，怎能讓我們的心胸感到開朗。而此時，距離漲潮的時刻已不遠，我們還能在這裡枯坐多久？還能有多少時間可供我們消磨？我重新握緊妳的手，彷彿握住無窮的希望，而妳雙眼凝視的，並非是我蒼蒼白髮，亦非我臉上深深的溝渠，而是無垠的蒼穹和湛藍的大海。儘管我不能理解妳此時心中所思、腦裡所想，然卻感染到妳那份落寞的淒然況味。

是否因我們的美夢難圓，讓妳沒有向我傾訴衷曲的意願？還是這份見不得陽光的情誼讓妳心生疲累？或者是我尚未進入到妳那盈滿著春情的內心世界？這似乎只是我自己的揣測而已。倘若有一天我們的兩顆心真能相印在一起，所有的顧慮勢必都會化成繚繞的雲煙，屆時，我們將幻化成一對蛺蝶，雙雙飛舞在人間，永遠不分離。

當微微的海風吹亂妳飄逸的髮絲，當柔和的水花潤濕妳美麗的臉龐，很快地又到了漲潮的時刻。我輕輕地拉起妳的手，雙雙並肩佇立在礁石上，聽那浪拍岩石的巨響，看那飛舞翻滾的浪花。而潮水已淹過我們的腳面，正持續不斷地上漲中，倘若不快速地走離的話，勢必會被巨浪捲走。到時，我們的屍體不知將漂往何處，是近海？還是遠洋？抑或是被魚類吞噬？果真如此的話，明年此時將是我們的忌日。而我們的子孫是否會為我們拈上一炷清香、燒些金銀紙錢，還是會詛咒我們是各自家族的叛徒、死有餘辜！面對這段自認為富有浪漫氣息、找到心靈伴侶的畸戀，是否還有繼續走下去的勇氣？我們情不自禁地感嘆造化弄人。

我們緩緩地步下礁石，涉水走回沙灘，秋陽已掠過另一塊礁岩的上空，正不停地往西邊游移。當我們踏著沉重的腳步往來時路迴轉時，也是我們即將分離的時刻。而人生最感愁腸的事莫過於生離死別，彼此的內心，已感受到這份即將離別的悽楚況味。來時怡悅的心情，隨即被一股迷惘的低氣壓籠罩著。妳微微地轉過頭，含情脈脈地看著我，復輕輕地捏捏我的手，而後哽咽地說：「什麼時候再陪我來看海？」我一時不知該如何來回答妳這個簡單的問題，只感到心中有一陣悵然的痛楚，整顆心已緊緊地糾結在一起。而我捫心自問：何時能陪妳來看海？何日還能攜手重臨這個沙白水清的海域？是明天，或是明年，抑或是來生……。

原載二〇〇八年元月《金門文藝》

太湖春色

十餘年前，我曾寫過一篇題為〈太湖深秋〉的散文。那年，我的鬢邊尚有不少烏黑的髮絲，五十出頭的年紀，雖沒有中年紳士般的神采，但從我身上似乎見不到那份布滿著滄桑的老態。因為當時，我的心境猶如太湖碧波無痕的湖水，一片祥和安謐。即使年華已逝、青春不再，卻不覺得自己年已半百，每天依然神采奕奕地與三五友好遊戲在這塊歷經砲火蹂躪過的土地上，過著無憂無慮的純樸生活。而十餘年後的今天，當我踯躅在晨霧茫茫的湖堤時，我蒼老的臉龐已滿布著一條條深深的溝渠，頂上稀疏的銀髮絲，就如同秋天枯萎的枝椏和野草。臃腫的體態、疲弱的神情、蹣跚的步履，怎麼一眨眼，我已是五個孫子的阿公，想不成為老人也難啊！既然已成為不能改變的事實，只好坦然面對，那逝去的時光和歲月，又有什麼好惋惜的。

打從友人透過關係，替我要來一輛拼裝的腳踏車開始，從仲夏到秋冬，每當破曉時分，只要沒有颱風下雨，我勢必會踩著它的踏板，輕聲地哼著〈綠島小夜曲〉或是〈春風秋雨〉的小調，在這個幽靜怡人的湖堤上轉幾圈。而此時，或許是深沉的春夜尚未甦醒，只見堤上明亮的燈光倒映在平靜的湖水裡，彷彿是一根根佇立在水中的金色長柱，閃爍著耀眼的光芒。幾隻早起的水鴨，逍遙自在地遨遊在盈滿著春水的湖裡，時而潛進水中覓食，時而在水面上追逐，讓平靜的湖面，泛起一條長長的波紋。而一隻落單的大白鷺，則在岸邊的水草上棲息，牠潔白的羽毛，修長的雙腳，怡然自得地伸著脖子四處張望。橘紅色的嘴角，不停地發出聒——聒——的聲音，那聲聲聒絮，想必是牠內心誠摯的呼喚：難道是期待朝陽快速東昇？還是想在這片剛冒出新芽的水草上覓食？抑或是冀望找到一隻能與牠雙宿雙飛的精神伴侶？牠的一舉一動，讓人有無限的遐想。我何其有幸能在這個瀰漫著層層薄霧的清晨裡，親眼目睹這幅令人心情快慰的情景。

放眼望去，寧靜的湖中小島有黑色的身影在鑽動。或許，選擇在這裡築巢，並聚集在枝椏上棲息的野鳥就是鸕鶿吧。這種略像烏鴉的水鳥，牠的脖子有白色的羽毛，長嘴，能潛水捕魚。從薄霧輕飄的岸邊遠望，貼近小島地面的部份草木，早已被牠們的糞便染成白色的一片。而此刻，似乎還見不到牠們展翅飛翔的英姿，因為這群可愛的鳥兒，在沒有槍聲與砲聲的干擾下，正高枕無憂地在這個春風輕拂、夜霧朦朧的漫漫長夜裡休憩。一旦沉睡中的大地甦醒，當太陽緩緩地從地平線上昇起時，牠們將飛翔在這個碧水常藍的人工湖上，並適時潛入水中獵取魚蝦。屆時，牠們黑色的身影將不停地在湖面上飛舞，時而潛下水，時而飛翔在天際；有時是單獨行動，有時則是群體圍捕，把這個小小的湖泊點綴成一個有趣的畫面。想起爾時那個兵馬倥傯、烽火煙硝的年代，許多較靈敏的鳥獸都遠離了這個島嶼，飛不走、跑不掉的或許就是麻雀和老鼠了，牠們在這片土地所造成的禍害，只有身受其害的鄉親最清楚。幸好島民和駐軍都凝聚了捕雀與滅鼠的共識，戰地司令官並以行政命令要求軍民繳交雀腳與鼠尾，即便不能把那些耗子與麻雀趕盡殺絕，但讓農作物的損害與鼠疫的蔓延減到最低數則是不爭的事實。而今，當戰爭遠離這塊土地，許多往日難得見到或稀罕的鳥類又重回這個島嶼，成為島民或外賓觀賞的嬌客。金門國家公園管理處在島上也規劃了好幾處賞鳥區，並有多種珍禽列入保育，這何嘗不是我們金門人的福份，但願後輩子孫能懂得惜福和感恩，不要任意地去捕捉牠們。

太湖雖然經過多次疏浚和美化，但銘篆在巨石上的「太湖」二字，儘管已歷經四十餘年的風霜、雨雪、太陽曬，然並沒有受到無情歲月的摧殘，依舊展露出渾厚磅礴的氣勢與中國書法藝術之美。可是多數人只注意到「太湖」二字是衡山趙恆愚所書，而卻忽略石碑背後由當年防衛司令官尹俊將軍親書的「太湖記」。這篇極其感性的碑文，無論坊間的導覽手冊，或是文史工作者的勝蹟采微，似乎都未曾加以記載。此時，既然我盤桓在它的週遭，就順手把它抄錄下來，好與沒有發覺到這段碑文的讀者共同分享。

余奉命戍守金門，總統蔣公每親臨巡視，輒諄諄以修戰備、以實攻防，興水利、以裕民生為訓。因念金門砂多雨稀，鑿井挖塘，不足以禦炎旱，乃擇黃龍潭窪地，納太武山東北之溢洪，深池高堤，廣三十六公頃，越半載而功蕆，命其名曰太湖。復以湖心建島，湖畔繕亭，用供遊憩。惟極目中原，寇氛未靖，登太武而懷嵩岱，泛太湖而憶蘇杭，尤足以啟故國之思，堅匡復之志。古人有句云：國危益覺江山美，亂世方知骨肉香。披甲厲兵，討賊有責，至窮地利以阜民財，得躬司其事，竊有榮焉。

陸軍上將　尹俊　謹識

中華民國五十六年四月　日

即使太湖有「太湖記」，慈湖有「慈湖記」，榮湖有「榮湖記」，但綜觀所有的碑文，記載的除了興工的原委和初衷外，更以感性的言詞為歷史留下見證。誠然，島民對戒嚴時期戰地政務體制下的種種設限迄今仍有怨言，然而，當我們置身在這個景緻怡人、空氣清新的湖堤，當我們看見太湖淨水廠為我們過濾出一池池清澈的民生用水時，倘若沒有當年層峰的關注，防衛部派遣兵工協建，僅憑島上有限的資源，豈能建造出這個蓄水量高達一百一十四萬立方公尺的水庫。它不僅是浯鄉有史以來最大的水利工程，其四周並遍植花木，修築環湖道路，同時把它建造成一個景緻幽雅的觀光勝地，讓遊客流連於此而忘返；島民閒暇時亦可在環湖道路上漫步，情人們更可在林木扶疏的草坪上幽會，把這個充滿著詩情畫意的太湖美景，提昇到一個前所未有的意境。

我在蔣公身著中山裝、手持枴杖、舉手揮帽的銅像基座前停下，面對著巍峨壯觀、古色古香的中正公園牌坊，嚴家淦先生所題的「金門中正公園」六個大字熠熠生輝。我信步走在新芽初萌的草坪上，讓微微的春風夾著涼涼的霧氛輕吹我的面龐。為了活得有尊嚴，為了能在人間多看一次日出和夕陽，要活就要動這句話竟不約而來地在腦裡盤旋著。我目視春霧茫茫的前方，情不自禁地擺動著雙手，快速地蹲下又站起，繼而地拍拍微凸的小腹，再甩甩僵硬的雙臂，然後仰天伸伸脖子，左右擺擺頭。如此交叉做了好幾次，管它姿勢對不對、動作正不正確，因為要活就要動。倘若有人說我不正常或罵我神經病，我也會坦然接受，只因為我已領悟到要活就要動的真理，那些投以異樣眼光的人，又能正常到哪裡去！當然，我是沒有本事去學太極拳或跳元極舞的，更沒有足夠的體力去做其他較激烈的運動。如此自創的陳氏運動法，即使不能長命百歲，卻已達到自得其樂的目的。套一句新新人類的名言：「只要我喜歡，有什麼不可以？」於是我打從心靈深處湧起一股無名的愜意，畢竟，我是為自己而活。尤其是漫步在太湖這個春風輕拂、景緻悅人的湖堤上，更讓我感到心曠神怡。

蔣公銅像下方的基座，四面均以大理石砌成。前有「永懷領袖」，後有「金門中正公園記」，右側是「以國家興亡為己任」，左邊是「置個人死生於度外」。即便此時尚有少部分國人對他當年的某些作為有所不滿，但先生既已蓋棺，所有的是非對錯理應回歸到歷史，其功過亦必須由史家來定奪，這似乎也是我們應有的體認。先生生前曾多次巡視這個被譽為「海上長城，台澎屏障」、「三民主義模範縣」的島嶼，對這片土地的關注，可說是有目共睹。身為金門人的我們，更不能輕率地把他的恩澤抹煞掉，因此，軍民以實際行動來紀念他並非沒有理由。儘管此刻陽光尚未露臉，茫茫的春霧依舊在大地上繚繞，在模糊的視線下，我仍秉持著為這個美麗的湖光山色做記錄的初衷，把這段別具意義的「園記」抄錄下來，好讓我們的子子孫孫，銘記在心靈的最深處。

領袖　蔣公崩逝週年，金門軍民，哀思未已，乃合太湖榕園倡建為中正公園，承地方人士，部隊官兵，踴躍輸將，虔勤獻力，僅半載而園成。蓋太湖者　蔣公為開發水利命築之人工湖也。榕園者　蔣公珍護古木而諭設之庭園也。　蔣公之德被于金門者，正猶湖水之澤長，榕根之深厚也。金門自陳候牧馬，朱子敷教，島民絕不仕元。鄭士據以驅荷，雖夙有海濱鄒魯之稱，從未若近廿餘年以來經營之宏效也。今日金門壘固兵強，物阜民康，已成為海上長城，台澎屏障，三民主義模範縣，世界人類反共燈塔者，均仰賴　蔣公高瞻遠矚，深謀碩畫，復躬親督飭之賜也。園之格局，有巍壯牌坊，幽修甬道，虹橋臥波，林蔭畦花。園首恭建　蔣公銅像，以供景崇。園內原有蔣院長命名之慰盧及思親亭，輔以增建之各種活動場所，蔚成金門社教中心，燦然增輝。我前方軍民教戰餘暇，徜徉於此湖山勝景，實等重沐慈暉，默聆聖教，與　蔣公精神長相左右，而益其誓竟　蔣公遺志之念，以誌永思。

金門全體軍民謹撰

中華民國六十五年十月三十一日

寫完後，我緩緩地步上湖邊小阜，直往「華夏亭」走去。此亭對著光復島上的「報國亭」，報國亭則與榕園的「思親亭」遙遙相對，倘使把兩亭的命名連接起來，似乎有「報國」與「思親」的意味；如果再加上「光復」與「華夏」兩島，便是：「報國思親，光復華夏」，當年為它命名的經國先生，的確是用心良苦。而兩亭部份視線雖然被高大的林木所遮掩，但站在亭外凝望，太湖所有的景緻盡在眼簾，湖中的兩個小島，彷彿是兩艘護衛著這片土地的戰艦。即便靠北的光復島已與堤岸相連，行道並鋪上石板，拱橋前植有兩株柏樹，旁有青青的棕櫚。然而，儘管它經過人工刻意的整修和美化，但島上翠綠蓊鬱的草木，依然能讓人感受到原生植物的自然美。太湖幽雅迷人的景色，更是受到許多文人墨客的歌詠和頌讚。詩人范叔寒將軍曾賦詩曰：「春入長堤萬柳絲，山容水色好風姿，太湖水似西湖水，到此能無故國思。」將軍雖已長眠五指山，但這首〈太湖長澤〉的七言詩，卻永遠銘記在我們的心坎裡。

春陽已逐漸地從地平線昇起，湖堤的路燈亦已熄滅，草坪上晶瑩剔透的露珠滋潤著剛萌起的新芽；憩息在枝頭上的鷗鷺，正展露出牠們美麗的英姿，成群結隊地在太湖的上空飛翔。而此時此刻，即使太湖春色迷人、春光無盡，然我必須回歸到現實生活為五斗米而折腰，不能在這裡作過久的盤桓。從路旁豎立的標示牌顯示，環繞太湖一圈是三千公尺，它也是幹訓班與海龍蛙兵體能訓練的場地。雖然我是踩著腳踏車替代跑步，他們則是憑真本事鍛練體力，可是繼而一想，這些年輕力壯的軍中朋友如日正當中，我卻是黃昏暮色裡垂垂欲死的老年人，無論是體力或耐力，豈能與這些年輕小伙子相媲美。因此，只要天候沒有太大的變化，明日拂曉時分，我依然會輕踩著這部盈滿著友情馨香的腳踏車，從寂靜的木棉道出發，經過太湖一橋、二橋，經過曾經培育無數軍中菁英的第三士校大門口，然後右轉榕園再轉而進入環湖道路，直往蔣公舉手揮帽的銅像處奔馳。除了向一代偉人致敬外，徜徉在太湖怡人的春光美景裡，何嘗不是我此生最大的企盼……。

原載二〇〇九年三月十八日《金門日報・浯江副刊》

榕蔭集翠

「榕蔭集翠」四個字，是當年駐軍用混凝土，雕刻在榕園「慰廬」右後方山坡下，那座小小拱門上的名字。前方雙旁雖由兩顆碩大的梅花泥雕來襯托，但拱門與梅花則塗抹著深黃的色彩，儘管門楣上的字體與花蕊是以紅色來點綴，然若以美的觀點來審視，如此之搭配不僅沒有美感，甚至還略顯土氣。唯一可貴處是軍管時期遺留下來的產物，時隔多年後並沒有隨著歲月的腐蝕，以及遭受人們的破壞，仍能以它原始的面貌展現在島民面前，讓人緬懷那個「軍愛民，民敬軍，軍民本是一家人」的年代。此刻，當我徜徉在榕園翠綠的樹蔭下，而心有所感待抒發時，就容我以「榕蔭集翠」這個富有詩意的字句，來做為這篇散文的題目吧！

自從身體微恙，復經醫師指示，我必須靠著運動來改善體質，增強遭受白血球破壞的免疫力，以免欠安的身體受到任何的感染，讓病魔有機可乘而加重病情的惡化，造成不能彌補的憾事。故此，我不得不聽從、不得不改變先前騎腳踏車悠哉遊哉的休閒方式，改以徒步快走來增強體力。只因為我割捨不了人間那份真摯的情緣，無論是親情或友情，都是我心中永遠的掛念，豈能逕自往西天的極樂世界走去。如果男性的平均壽命真是七十五歲的話，那我勢必還能在人間遊戲好幾年，只是惟恐這個數據，不包括尚未屆齡而失去健康的人。

朋友告訴我說：「生病並不可怕，可怕的是失去對抗病魔的信心」，基於醫師的囑咐和友人的激勵，於是每天清晨，我總是以新市里復興路旁的木棉樹為起點，經過太湖路與士校路，直往景緻悅人的榕園快步走去。我不知道如此的運動方式是否真能達到強壯身體的效果，但除此之外，我已沒有足夠的體力做其他有益身體健康的運動。高於正常值三倍的白血球，不僅僅破壞我的免疫力，也影響到我的造血功能，短短的幾個月，非僅體重減輕，體力快速地衰退更是我料想不到的。能快步走已不錯了，難道還想環繞太湖跑三圈？還是想在中正公園廣場上伏地挺身五十下？一切已是不能與不可能，所有的夢想必須等來生。

我之於選擇榕園為終點站並非沒有理由的，除了能讓我疲憊的身軀在綠蔭蔽天的榕樹下暫時地歇息外，先賢明國子監助教洪受的故居——西洪，更是我景仰與欲憑弔的地方。即使這裡曾經有「人丁不滿百，京官三十六」與「九榕環抱」的傳說故事，但地區的文史工作者早已有人作專文介紹，倘若重複來敘述，似乎沒有什麼意義可言。同時，我的腦力也不容許我過多的思索，好心的友人擔心我的健康勸我別寫了，但基於對這片土地的熱愛和使命感，以及好不容易才學會的電腦「大易輸入法」，如果任其荒廢實在可惜。萬一有一天奇蹟出現、身體突然好轉，而想繼續在文學這塊園地深耕時，又必須從「水叉叉」、「火YY」、「馬伯伯」、「王老5」、「V禾大夫」、「8瓶米酒」、「6片車門」、「雙人依依」……等口訣唸起。因為我發覺到還有許多同齡或比我年輕的朋友尚未學會電腦打字，因此，對於一個即將邁入古稀之年而還能以電腦寫作的老年人來說，我不僅有些自豪卻也備感珍惜。故而，我必須趁著黃昏來臨、太陽尚未西下的時刻趕一段路程，一天若能輸入一百字，一個月累積下來便有三千字，除了「大易二碼」的部首不會被遺忘外，當這些短短的篇章出現在報章雜誌時，亦可藉此告訴親朋好友與讀者們，我尚活在人間的信息。尤其是耕耘多年的文學夢田，更不能就此而休耕，但願能得到上蒼的眷愛，讓我遠離病痛的憂懼，完成所有的夢想，以免留下遺憾在人間。

快步走到榕園，即使沒有氣喘如牛或汗流浹背，但額上已滿佈著一顆顆小小的汗珠。那時，「慰廬」的大門仍深鎖，「思親亭」已被高大的林木擋住視線，再也看不到座落於太湖的「光復」和「華夏」兩島。但是不遠處卻有陣陣笛聲傳來，儘管笛聲悠揚、中氣十足，然卻不能與我筆下《午夜吹笛人》那種淒美哀怨的笛音相比擬。午夜吹笛人吹奏的不僅是幽美的笛聲，似乎也同時告訴我們一個哀怨動人的故事。而此時樹蔭下的吹笛者，吹奏的卻是一般流行小調，因此，我沒有頓足聆聽的雅興。

我緩緩地步出榕園出口處的欄杆，經過「俞大維先生紀念館」與「八二三戰史館」，信足走上左前方的八角亭，時而仰望蔚藍的蒼穹，時而看看遠方朦朧的山巒。亭下那條不定型石片鋪成的小道，看似寂寞冷清，但兩旁則有百餘株修剪成球狀的圓柏相陪伴。直走經過九曲橋，步上階梯就是「中正紀念林」的大門口，也是「太湖」的北堤。然我卻鮮少走到它的盡頭，心中只有眼前這片青蒼翠綠的山林和藤蔓，以及棲息在其間的鳥雀，偶而在樹幹上攀爬的松鼠和掠過樹梢的野雁，無不一一觸動著我的心靈。尤其在這個視野茫茫、微風徐徐的夏日清晨，能置身在這方景緻愉人的山林野地，能親眼目睹太陽從那片茂密的樹林頂端昇起，能聆聽蟬兒聲聲悅耳的清唱，何嘗不是我的福份啊！可是我卻不能在此地久留，儘管生命中的紅燈已亮，則尚未達到躺下休息的地步，我仍須提起精神回歸現實，為五斗米而折腰，直到我的紅血球被白血球完全吞噬為止，只因為人生有太多太多的無奈。

然而，當我步下八角亭的階梯時，竟無意中走到那輛老舊的戰車旁。老實說，對於這輛國共對峙、世界冷戰期間遺留下來的產物，島民不僅看多了，也看厭了。即使展示在「八二三戰史館」外供遊客參觀，自有它不凡的意義，而我路過它身旁已不計其數，始終沒有近一步去看看它的意願。想當年「M-24輕戰車」是裝甲兵部隊的瑰寶，更是戰場上不可或缺的主要戰力。八二三砲戰期間更取代有「金門之熊」之稱的「M-8輕戰車」，戍守在金門最前線，為這座小小的島嶼立下不少汗馬功勞。

如今隨著大環境的變遷，當兩岸兄弟不再戎馬相持、槍械相向時，這輛「M-24輕戰車」早已功成身退，與它昔日同甘共苦和敵人做殊死戰的伙伴們——「F86F軍刀機」、「一五五公厘榴彈砲」、「LVT-P4兩棲登陸運輸車」以及「M41華克猛太輕戰車」、「M42A1式雙管四十公厘防砲戰車」，同時被刻意地安置在廣場的一隅供遊客參觀，它們孤單落寞的身影，何能與當年馳騁沙場的英姿相媲美。

從解說牌上概略地知道：

「F86F軍刀機」，是屬於單座次音速戰鬥機，善於空中纏鬥，八二三砲戰期間，為空軍之主力戰機，曾歷經十二次空戰，並擊落共軍米格十七型戰鬥機三十二架，寫下空軍以寡敵眾之輝煌戰果。尤其是九月二十四日於溫州灣上空，擊落共軍米格十七型戰鬥機九架，擊傷三架，創下空戰中首次使用響尾蛇飛彈擊落米格機的紀錄。

「LVT-P4兩棲登陸運輸車」在八二三砲戰期間，以其優越的性能，載運糧秣彈藥穿過台灣海峽，冒著砲火的危險運抵金門前線，適時補給以維持防區戰力，徹底粉碎共軍封鎖金門之迷夢。

「一五五公釐榴彈砲」為國軍砲兵部隊反砲戰之主力。它除了精度準確、威力強大外，射擊過後可由砲車拖離現場，做機動性之陣地移轉，讓共軍找不到反擊的目標。八二三砲戰期間更發揮無以復加的戰力，有效封鎖對岸白沙河口及廈門地區諸水道，創下輝煌的戰績。

此刻，當這些昔日活躍於沙場的英雄功成身退時，不管是安放在這裡讓遊客參觀，還是供袍澤憑弔，均非它們所願，或許只有瀰漫著烽火硝煙的戰場或海域，才是它們展現火力與實力的地方。而不久的將來，當週遭的草木枯萎又萌芽，扶桑花開花落花又開，稀疏的枝椏成茂林，春去秋來冬天到，儘管它們有鐵甲之身，但卻難敵風霜雨雪的摧殘。而年復一年，當歲月的巨輪輾過時序的春分、大暑、白露和小雪，這些過時的武器勢將銹蝕成廢鐵一堆。尤其當戰爭遠離浯鄉這塊土地，所有的武器裝備都將隨著軍隊的裁撤一併消失於這座島嶼，往後想看一輛同類的戰車或大砲談何容易，F86F軍刀機和LVT-P4兩棲登陸運輸車或許軍事博物館也不一定見得到。

現下，當我們以一顆坦然之心，面對這些陳舊而又過時的軍用武器時，倘若不適時加以記載，百年後這段歷史勢將被歲月的洪流湮沒，簡短的記錄即使看不到它們的原始面貌，但從字裡行間則可略知一二。至少可以讓後代子孫知道，一九五八年八二三砲戰，國軍就是用這種裝備和武器來防禦這座島嶼的。雖然隨著科技的日新月異，性能優越的高科技武器比比皆是，無論射程或目標均能以電腦控制，並可在短短的時間內摧毀敵人的軍事設施。然而眼前這些過時的武器，儘管不能與先進的武器相提並論，但似乎更能引領我們走入當年的時光隧道。或許，善良的島民早已忘掉戰爭帶來的仇恨，並以一顆寬容之心來回顧昔日那段被砲火蹂躪過的時光歲月。

榕園舊稱西洪，而我此時置身的地方雖然是它的週遭，但亦不例外。在看完爾時的戰車、大砲和飛機後，我又一次地佇立在榕園的石碑前，是想再次地憑弔先賢的故居？還是緬懷它的過往？面對那些根源自清同治四年、西元一八六五年的古榕，面對那塊書有中華民國五十六年十月，誠實部隊建的巨大碑石，我的內心有太多的感觸，前者離我太遙遠，後者彷彿就在眼前。

回想那年，我曾陪同長官到此慰勞施工部隊，除了發給團體加菜金五千元與施工官兵每人三槍牌長袖棉毛衫乙件外，還有藝工隊精彩的表演。彼時，我尚是一個朝氣蓬勃、充滿著活力的青年，除了深受長官的信任外，朝夕相處，也和藝工隊那些青春艷麗的女隊員們，衍生出一份誠摯的友情，擎天廳與國光戲院，大二膽島與東北碇，都有我們走過的痕跡。而當歲月輾過我們燦爛的青春年華時，早已各奔東西，如今，或許她們尚在人生的斑斕處，然我已在塋前徘徊，六十餘年的人生歲月，卻也留下一些美麗的回憶。

陽光已映照在「俞大維紀念館」前的廣場上，我緩緩地朝來時路迴轉，兩旁雖有翠綠的林木和青青的草地，但天天與它們相遇，已感覺不出有任何的美感。遠望那些在草地上覓食的鳥雀，聆聽樹上蟬兒的清唱，我低落的情緒卻在驟然間振奮，內心感到無比的暢快，難道這就是我欲追尋的人生歲月？還是我的心已痲痺，感受不出人間的美好？我頓足仰望蔚藍的蒼穹，一簇簇藍白相間的雲彩在我頂端遨遊，一陣陣舒坦的微風輕吻著我滿佈皺紋的臉頰，置身在這個景緻怡人的夏日清晨，方才尚盤旋於腦中的病魔陰影，此時彷彿已隨那一簇簇雲彩，消失在一望無垠的天際……。

原載二〇〇九年七月二十八日《金門日報・浯江副刊》

重臨翠谷

三十餘年前，我婉拒了長官派車送我回家的美意，獨自踏著沉重的腳步，環繞與我朝夕相處多年的明德廣場，經過太武招待所、水上餐廳、TOC、軍事看守所、介壽台……。而當我頓足停留在太武圓環低矮的柏樹旁時，我情不自禁地回頭仰望巨石重疊的太武山巒，凝視綠意盎然的翠谷美景；這裡的一草一木、一花一卉、一景一物，對我來說是那麼的熟悉啊！它不僅有我青年時期的美夢，亦是啟發我邁向文壇的聖地，我何曾忍心想離開它。然而，基於現實環境的使然，以及另有人生規劃，我不得不作離別的打算，但長官卻在我的辭呈上附帶了一個條件，必須等陸總部年度視察過後始能離職。

如以現實的層面而言，即使我在防區這個大單位裡只是一個微不足道的小角色，但我所經辦的業務卻也不是一位新手在短時間就能進入狀況的，故而，我能理解長官的意圖。實際上我也不願看到曾經經辦過的業務因我執意地要離開，讓續任人員在接受總部視察時不能依「計劃」、「執行」、「考核」作妥善的整理分類歸檔，而被記上缺點受到懲處。倘若如此，怎對得起平日對我照顧有加的長官。

誠然，在視察官未蒞臨之前，我並不知道他們想看的是那一方面的業務，心裡難免會有些緊張。但依我多年來的經驗，此次視察的重點或許是上級最重視的「低價服務」與「小據點服務」。果真不出我所料，當視察官指定要看是項業務時，我很快地就把轉頒的計劃與執行的成果呈上。整個上午，視察官幾乎都圍繞著這兩項業務打轉，除了仔細地翻閱檔案作成記錄外，也同時詢問承辦人員執行情形與相關細節，我亦不加思索地一一作了說明。檢查結果非僅沒有任何缺點，甚至還因我對業務的嫻熟，蒙受視察官的稱讚。當然最樂的還是我的長官，他也因此而獲得嘉獎。

總部視察過後，當我把業務移交清楚即將離職時，也同時領到二千元特別獎金，長官並親自陪我走出武揚坑道，囑咐我常回來走走看看。然而三十餘年來，我居然辜負了長官的美意未曾踏進翠谷一步。可是在多年後的現下，當歲月更迭、物換星移、人事全非的此時，不知是基於什麼因素，我竟做著重臨翠谷的美夢。難道是想緬懷逝去的青春歲月？還是想從塵封的記憶裡，尋找青年時期所遺留下的蛛絲馬跡？抑或是思念總在別後多年才開始？儘管我試圖從記憶裡尋找一個能讓自己信服的理由，然則說不出一個所以然來，盤桓在心頭的，是一份無名的惆悵。

今年二月的某天，我無意中從報上看到文化局舉辦新春「走春」活動的消息。「走春」這兩個字，看來不僅有點詩情畫意，亦有一絲兒浪漫的氣息，在我的想像中，它或許是屬於年輕人的活動，然而我竟一時忘了自己已年老，興起了走春的念頭。但是，我心中所謂的走春，並非想與那些年輕人爭名額、領點心，搭乘免費遊覽車，又有專人導覽，去參加文化局走春活動。我的最終目的地是闊別三十餘年的翠谷。

可是，儘管兩岸兄弟已不再怒目相向，戰爭亦已遠離這座島嶼，但翠谷仍舊被劃為軍事管制區，除了春節期間開放幾天供遊客參觀外，其餘則禁止非軍人進入。當年憑著「擎天職員證」穿梭於武揚營區的武揚坑道、明德營區的中央坑道、金城營區的南坑道、經武營區的十八坑道，以及直上擎天峰洽公，其情其景已不復見，甚至早已深埋在記憶的最深處。而今，除非有太武禁區通行證，要不，想重臨翠谷已不是一件容易的事，於是我想起友人洪君。

洪君為烈嶼人氏，當年我在政五組任職時，他雖是第一軍郵局二兵軍郵差，但擔負的則是總務工作。除了每季找我領「免稅福利品點券」外，每逢星期六，亦會到組裡領取假日的「勞軍電影票」，遇有藝工團隊或影歌星在擎天廳表演，則來領「晚會入場券」。然而，無論是電影票或入場券，其數量不僅有限，也受到嚴格的管制。試想，防衛部直屬單位少說也有數千人，金聲、金城、僑聲、中正堂與擎天廳等電影院，其座位並不能滿足所有官兵的需求，每個單位僅能依人數比例分配幾張，遇有影歌星或較特殊的勞軍晚會，更是一票難求。基於和洪君同鄉的關係，每逢他有求於我，除了「免稅福利品點券」和「特約茶室娛樂票」不能給外，其他，我總是運用關係設法來滿足他的冀求。但是，每位官兵每月只能購買二張特價的軍郵信封（定價一元，特價五角），他卻一口氣幫我買了一百張，讓我寫個痛快。無論當初是互蒙其利或相互利用，一切都已隨著時光走遠，往後成為朋友則是不爭的事實。

洪君於八二三砲戰那年，隨著金門中學遷台分發就讀於省立善化中學，初中畢業後因家境清寒未能繼續升學。為了分擔困窘的家計，輟學返鄉後隨即四處打零工，復經友人介紹始進入第一軍郵局服務。雖然起初擔任的只是臨時人員，但經過一段時間歷練後即正式雇用。但他並沒有因擁有一份固定的工作而自滿，仍然秉持著一顆進取而不向惡劣環境低頭的心，經過不斷地努力學習與苦讀進修，數年後終於通過郵政特考，復結業於國防部軍郵人員訓練班。當我離開翠谷回歸到商場後沒幾年，他已躍升為第一軍郵局上尉運輸官。往後的郵務歲月，更是擔任大擔軍郵局長，頂堡軍郵局長，尚義郵局局長，並於尚義郵局局長任內屆齡退休。即便洪君一路走來頗為順遂，然若從另一個層面而言，則是他多年來一步一腳印，腳踏實地努力不懈得來的成果，而非僥倖，亦非撿到「死黨」。

雖然洪君所受的教育有限，但為人處世則有其獨到的一面，其務實的行事風格更令人讚賞。雖然從外表看來有點「自負」，也是俗稱的「浮誚」，而實際上他熱心助人、廣結善緣，年輕時更是馳騁體壇的籃球健將。往後雖隨著年齡的增長而不再披掛上陣，但卻擁有甲組裁判資格。每逢地區重大籃球賽事，依然可看到他嘴含口哨，意氣揚揚地在球場上來回奔馳，無論一舉手或一投足，都是他最熟悉的籃球規則。如此之種種緣由，讓他累積了豐沛的人際關係，幾乎士農工商都有他的朋友，更有不少能直呼其名的政府高官和軍方將領。倘使洪君沒有以一顆赤誠之心待人，焉能得到他們誠摯的友誼。儘管他現下已無一官半職，然則擁有好幾個「顧問」頭銜，包括企業、宗教、社團……

等各界。其「局長」之稱謂，亦牢記在鄉親心中，「洪局長」三個字，更成了他名符其實的註冊商標。

自從心中衍生出走春的念頭後，當某天洪君蒞臨舍下時，我竟脫口說：「局長，什麼時候把車子開來，載我到太武山走春。」他二話不說馬上答應。可是，今年的春天則有別於以往，一波波寒流相繼來襲，未出門心已涼了半截，那有心情去走春。直到清明過後穀雨即將來臨時，總算遇到一個風和日麗、陽光普照的好天氣。

那天，在洪君駕車載送下，我始重臨闊別三十餘年的翠谷。洪君把通行證放在擋風玻璃的鮮明處，經過哨兵仔細地盤查登記後，只見他踩下油門、加足馬力，就在轉瞬的剎那間，太武圓環已映入我的眼簾。這個曾經是我當年別離時頓足停留的地方，此時並沒有太大的改變，倘若說有，那便是我離開時是一個意氣飛揚的青年，而今卻是一個罹患重大傷病的老年人，不禁讓我有「歲月讓我成長，也讓我蒼老，復讓我死亡」的悽然感嘆。

即便洪君對防區最高軍事指揮部的每一個地方都很熟悉，理應由他來當嚮導，可是他今天卻充分地尊重我的選擇，因此，我決定先到武揚，而且要直上山坡，先到主任辦公室看看。然而，昔日這條戒備森嚴、打掃得乾乾淨淨，直達主任辦公室的道路，如今雙旁已雜草叢生，藤蘿枯枝打得車身咳咳作響，僅能勉強通過。雖然洪君已有多年駕駛經驗，但從他深鎖的眉頭，我深知他心痛的是愛車被刮傷，而不是技術上的問題。面對如此之情景，自己委實感到有些不好意思，但洪君卻始終展現其寬宏大量的氣度，一副無所謂的樣子。既然主人痛在心裡口難開，我亦只好裝聾作啞視而不見了。

爾時主任辦公室外圍除了有步哨，亦有一個憲兵班駐守，專責維護長官的安全。主任身兼政委會秘書長，國民黨金門特派員辦公處書記長，無論在黨政軍體系都握有實權。雖然他只是少將主任，其權勢則不容小覷，甚至勝過中將副司令官。除了政戰部本身的人事、監察、保防、文宣、康樂、福利和民運；政委會屬下的酒廠、鹽場、報社和物資處；縣政府所屬的機關團體和學校；國民黨金門縣黨部以及各鄉鎮民眾服務站……等等，誰膽敢不聽從他的指揮？甚至中央駐金單位也要尊重他三分。他言出法隨，每句話都視同命令，甚而握有「今天老子高興讓你當〇長，明日大爺不爽叫你下台去」的權力。這就是戰地政務體制下的獨特現象，鄉親似乎早已見怪不怪，而官員們又能奈何？儘管並非每位主任都如此，但在爾時那個以軍領政的時代，某些高官的作為，確實有值得我們商榷的地方。

而現下，隨著早期嘉禾案的縮編，近年精實案的裁軍，以及政委會的裁撤，戰地政務的解除，同為少將主任其權勢則不能同日而語，難怪此處會那麼快地被荒煙蔓草掩沒。此刻，即便我不能進入主任辦公室一探究竟，但從它深鎖的大門，堆滿廢棄物的走廊，長滿雜草的小廣場，滿佈垃圾的週遭，就猶如是一處廢棄的營區。雖然昔日供主任歇息的小涼亭還在，紅色的水泥拱門尚未傾倒，彩繪在圍牆上的圖案不曾剝落，可是我的心卻隨著它退盡的光華而衍生出無限的感慨。

遙想當年，即便有重大的公務要向主任報告，也必須透過主任辦公室秘書的安排始能晉見。除了組長或來賓能把座車停放在廣場直接從大門進出外，所有政戰部的參謀，幾乎都是從文卷室對面那條窄道，順著既陡峭又濕滑的階梯往上登，復經過政戰管制室、副主任辦公室、秘書室，往往在主任面前立正站好聽其訓示，已是氣喘如牛、汗流浹背。而今面對如此的情景，我沉重的心確乎難以接受這個事實，但不能接受又能奈何？難道還冀望它再次成為戰地？讓單行法再度復辟？讓島民重溫戒嚴軍管的舊夢？或許，這些都不是我們所該追求的，任誰也不願意走回頭路！

來到武揚廣場，昔日可容納百餘人用餐的武揚餐廳已改建成武揚大樓。外牆刷上迷彩的水泥漆，與隔鄰建築新穎的白色工兵組相較，形成一種強烈的對比。背後的心戰大隊亦已裁撤成為歷史，政本部更不知去向。然而，我重臨此地的目的並非為了欣賞它的建築物，而是尋找我青年時期在這裡盤桓的蹤跡，以及緬懷逝去的人生歲月。仔細看看對面文康中心的舊址，再瞧瞧右側木麻黃環繞的小池塘，它們不都是我長篇小說《失去的春天》裡的場景麼？此時，我懷念的非僅僅只是小說中那位陪陳大哥走過青春歲月的顏琪，還有那位綽號叫雷公的政三組長何明祥上校、叫毛澤東的炊事班長石天興上士，以及幾位我敬愛的長官們。可是他們都一一離我遠去，去到西天的極樂世界，過著逍遙自在的陰間生活，獨留我滿懷思念在人間。然而不久的將來，我們勢將在天堂相見，是今朝或明日，是春天還是冬天，是今年抑或是明年，老天爺正妥善地安排中，由不得凡人擅自作主。

此時，當我站在這個春陽和煦的小小廣場，迎面而來的是源自山谷自然的微風，它輕輕地吹動著我滿佈雪霜的髮絲，卻拂不去我落寞而悵惘的心緒。三十餘年的時光歲月，就在轉瞬間悄悄地從我的指隙間溜走，徒留滿懷愁腸在人間。現下我們已不能從武揚坑道進入明德營區，大環境的改變，相對地也抹煞了當年因戰備需要而開山鑿洞的弟兄們的苦心。偌大的主任辦公室和政戰管制室都必須遷就現實而廢棄，遑論是幕僚的辦公處所。爾時若從東邊進入武揚坑道，依序是軍聞台、文卷室、金城辦公室、政一組、政三組、政四組、政二組、政五組等單位。百餘位官兵同時擠在這個冬暖夏涼的山洞裡各司其職，掌管著防區所有的政戰業務。甚至之前尚未搬到中央坑道的軍法組，以及尚未裁撤的研究發展委員會也曾經在這裡待過。每當進餐的鈴聲一響，大夥兒火速走出辦公室，快步走到武揚餐廳用飯。伙食團除了政戰部官兵外，藝工隊的男女隊員亦在這裡搭伙，男男女女擠滿一堂，儼若是一個盈滿著幸福的大家庭。飯後則在武揚廣場散散步，或到文康中心看看書報、打打乒乓和彈子，抑或是找藝工隊女隊員聊聊天、談一場轟轟烈烈而沒有結果的戀愛。在這個官比兵多的大單位裡，似乎聞不到砲火下的煙硝味，有的盡是山谷清澈的山泉和自然的微風。

如今，當我們重溫《國軍教戰總則》第十條「政治作戰」這個單元時，依然能清楚地看到：「國民革命戰爭，以武力為中心之思想總體戰；而政治作戰乃以思想為主導，以組織為骨幹，團結官兵，壯大自己，瓦解敵人。我全體官兵必須堅定主義、領袖、國家、責任、榮譽五大信念，嚴肅革命紀律，提高保防警覺，激勵高昂士氣，發揚革命精神，堅定戰鬥意志並靈活運用政治作戰諸戰法，以確保軍事任務之達成。」儘管它訂於一九八一年，迄今已整整三十個年頭，雖然有些官兵對這些條文仍能琅琅上口，但隨著精實案逐步裁軍與大環境的改變，政治作戰的光環已不再。現下的政戰部只保留了政三（監察）與政四（保防）兩個組，原先的政一、政二、政五等三個組則合併成「政戰綜合組」，官兵總人數遠不及彼時政一（含文卷室）一個組，與當年的情狀簡直不能相提並論。這不僅是現實環境的使然，也意味著政治作戰的光環，已隨著兩岸軍事對峙的和緩而逐漸地式微。倘使王昇將軍地下有知，不知是樂觀其成？還是怒髮衝冠？

來不及向武揚說再見，洪君的車子已快速地朝明德營區前進。臨近昔日西康二號總機旁，竟興建了一棟別緻典雅的女青年工作隊大樓。當年吉星文與趙家驤兩位副司令官的殉難處——「水上餐廳」，如今則樹立起「明德公園」的大理石牌。爾時我來山谷謀生時，將軍在此殉難已多年，太武守備區指揮部亦已在此處栽種了一大片翠綠的韓國草，以及數十株白玫瑰。每當夏日玫瑰花綻放，委實是既莊嚴又肅穆，而此處之景緻，何嘗不也在我的作品裡出現過。倘若沒有之前在這個深山幽谷裡歷練，三十年後我創作的思域勢必不會那麼地寬廣。即便限於個人學識之不足，未能攀上文學的最高峰，但我的作品或多或少，卻能喚起許多讀者共同的記憶。

遠遠我們看到明德廣場有全副武裝的官兵正在摹擬戰鬥演習，倘若執意地想進去看看之前的營站，一旦車子經過其隊伍勢必會影響他們的操演。儘管我非現役軍人，但年輕時曾受聘於軍中長達十餘年，我深知部隊的演習或訓練視同作戰，是不容許外人干擾的，故而雖近在咫尺，然則不能如我所願。於此對一個曾經把青春歲月奉獻給防區最高政戰單位的老年人來說不無遺憾。可是繼而地一想，今天能重臨翠谷，純粹是託洪君之福，倘使沒有他那張太武山通行證，必須等到明年春節開放參觀後始能重臨。而我這個罹患重大傷病的老年人，是否能等到今年的秋葉落或明年的春花開呢？因此，我很珍惜當下的每一個時光，只要能進入翠谷，我的心願便已完成，並非真要達到：「我來踏遍太武路，要覽翠谷諸景緻」那種灑脫怡人的意境。

我們直接轉入回程的單行道，明德公園已在我的背後逐漸地消失，接踵而來的是改建成女兵隊的軍事看守所，以及彼時防區重大集會的場地介壽台。雖然因某些因素所限，不能親歷其境去端詳它們原始的面貌，但翠谷的景緻對我來說是那麼地熟悉與親切啊！但願通往擎天廳那條羊腸小徑不曾被破壞，那是我們下班後徒步去看電影、看晚會必經之地。即便那條小路崎嶇不平，卻又滿佈碎石與沙粒，但為了想親眼目睹影歌星的丰采，為了想聆聽一首膾炙人口的經典老歌，為了想看一場首輪的勞軍電影，老參謀的步履，何曾會輸給年輕力壯的充員戰士。而當年同在一個坑道辦公，同在一間餐廳用餐的諸參謀或長官們，若以年齡來推算，幾乎個個都是八十餘高齡的老年人了，可是在交通極為便捷的今天，則從未曾遇見過他們舊地重遊的身影。但願他們早已隨著兩岸大小三通的啟航，反攻大陸回老家團聚去，或是在台灣頤養天年，過著含飴弄孫的日子，而不是埋骨在異鄉、成為「美麗寶島，人間天堂」裡的孤魂野鬼。

正當我陶醉於翠谷迷人的景緻而進入往日的情境時，洪君卻突然把車停下，我們恰巧遇見了金指部指揮官張中將與主任李少將，經過洪君的介紹，讓我有幸認識兩位將軍。那時，兩位將軍既沒有侍從官護衛，亦沒有參謀人員隨行，輕車簡從親臨演習場地，沿途巡視部隊的演練狀況。他們精神抖擻、氣宇軒昂，有武將雄姿，亦有儒將風采；有將領的威嚴，卻沒有將帥的霸氣，倘若沒有高人一籌的軍事素養，焉能有如此之氣概。從其言談中，更可看出他們對這座島嶼的關注，以及領會到他們的親和力。儘管此時已非以軍領政的戒嚴軍管時期，但島上的駐軍在兩位將軍領導下，似乎也朝著「軍愛民，民敬軍，軍民本是一家人」的目標邁進，我們必須給予肯定的掌聲。

回顧爾時在翠谷任職時，曾歷經王多年、尹俊、馬安瀾、侯程達、夏超等五位司令官，王和璞、王樹權、吳寶華、蕭政之、廖祖述、張其黑等六位主任，廖全傑、李忠禮、谷鵬、許自雋、劉幹臣、孫紹鈞、李中固、李壯濤、陳柏林等九位組長，副司令官與副主任更是不計其數。儘管諸將軍、諸長官大多數都是戰功彪炳、學識淵博的俊傑，然而長久的相處，卻也見識到某些高官鮮為人知的一面。即使大多數都是值得尊敬的好長官，但何嘗沒有像拙作〈將軍與蓬萊米〉小說中那種令人不齒的角色。雖然時光已匆匆地輾過我六十餘年的人生歲月，不久即將回歸塵土，但〈將軍與蓬萊米〉這篇小說，將永遠記錄在中華民國的文學史上，讓世人清楚地看到那位嗜食狗肉、卻又沉迷酒色的將軍醜陋的一面。儘管此君懂得逢迎拍馬而一路高升，可是卻又不知檢點而踢到鐵板。當三杯黃湯下肚、重施鹹豬手故技的醜態被揭露時，很快地，肩上的星星不再閃爍，就任新職尚不及半載，調任政計委員待退已成既定的事實。這件醜事也迅速地在軍中傳開，曾與他共事的官兵並不感到訝異；狗肉吃多了總會被狗咬，夜路走多了也會撞見鬼，這非僅是他咎由自取，何嘗不也是現世報。

與兩位將軍互道再見後，洪君發動引擎向前行，路旁翠綠的小草微微地在晃動，春風輕輕地吹過木麻黃的樹梢，右邊的草地有一群不知名的鳥兒在覓食。看牠們時而啄著沙土，時而蹦蹦跳跳，時而翱翔於天際，是多麼地逍遙自在又愜意。倘使來生能讓我自行選擇，我情願是一隻遠離塵囂，獨自棲身在這個深山幽谷裡的小鳥，雖然生活沒有人們舒適，卻能享受自由的快意，我何樂而不為啊！

此刻，即便車窗外是一片和煦嬌艷的春陽，但我腦裡卻是一幕幕舊時的情景，它不僅深深地激動著我的心扉，也同時蕩漾著我的思緒。無論逝去的是我金色的青春年華，還是燦爛的人生歲月，然而逝去的終究要失去，我必須以一顆誠樸之心坦然面對。

抬頭仰望蔚藍的蒼穹，一簇簇雲彩從車頂上悄悄地掠過，彷彿要陪我一同走進時光的深邃裡。洪君踩下油門、加足馬力，只見車速愈來愈快，翠谷也離我愈來愈遠，不一會，已消失在我春霧迷濛的眼簾裡。而在眼眶打轉的，不知是淚珠還是霧氣，內心雖有無限的感觸，卻恥以用語言來表達。別了！翠谷，何時能重臨你這個景緻怡人的仙山勝地，何日能重溫我舊時的美夢，或許，一切盡在不言中……。

原載二〇一一年六月十七至十八日《金門日報・浯江副刊》

輯二

那些過去的東西

今年春天，「國立台灣文學館」研究典藏組助理研究員趙慶華小姐，與展示教育組研究助理簡弘毅先生，兩人由金門文化局相關人員陪同，針對該館預計在二〇一三年元月，舉辦「金門馬祖文學特展」相關事宜，晤我於木棉花盛開的新市里。

倘若沒猜錯，他們會找上我，可能事先已知道我在六〇年代即與文學結下不解之緣。除了出版兩本不成熟的作品《寄給異鄉的女孩》與《螢》，也和友人創辦了一份被學院派人士批評得體無完膚的《金門文藝》。可是那些批評者何曾想過，在那個戒嚴軍管、以軍領政的年代，想辦一份雜誌談何容易？即便我接受他們的批評而停刊，復由旅台大專青年接手，但縱使他們有滿腔熱血，對這份刊物充滿著無比的信心，然而形勢比人強，最後依然得向現實低頭，僅只出版革新號三期便宣告結束。

基於此，籌辦此次特展的國立台灣文學館，或許認為必能從我這裡尋找到一些過去的蛛絲馬跡。至於是否稱得上水準，或是不屑一顧，端看各人對史料的體認。然若從他們誠懇的態度，想必這些都不在他們的考慮範圍之內，要不，他們豈會主動駕臨寒舍與我洽談。

或許，「過去的東西」一經歲月的真光照耀，必能成為「當今的文物」。從台灣文學館有系統地典藏作家手稿與文學文物可見一斑。他們規畫中的金馬文學特展，無論是以往出版的第一本書，或是作家手稿，抑或是與作家來往的書信；凡與文學相關的文籍或物品，都是他們想搜集展出的。當我聆聽他們的說明時，起先仍有點猶豫，可是繼而一想，如果能把那些過去的東西借予他們展出，非僅是美事一樁，亦可讓蒞館參觀的文學同好或中外人士，更深一層地瞭解到爾時的戰地文化，以及正在萌芽中的金門文學。倘或能達到如此的目的，我又何樂而不為？

於是我從那只老舊的保險箱裡，取出兩本陳年舊書。一本是一九七二年出版的文集《寄給異鄉的女孩》，另一本是一九七三年年出版的長篇小說《螢》。以及兩張「著作權執照」與兩份內政部的公函。回想過去，當我看到書本裡的版權頁印著「著作權執照」時，莫不投於羨慕的眼光。於是在《寄給異鄉的女孩》出版後，我竟厚顏地興起向內政部申請「著作權執照」的念頭。並非惟恐這本書遭人盜印，而只是想過過乾癮而已。於是我請友人到台北市政府員工消費福利社代購申請書，經我依法提出申請後不久，內政部即以正式公函檢附《寄給異鄉的女孩》「著作權執照」寄予我，讓我興奮不已（時內政部長為林金生先生。林部長亦即是雲門舞集創辦人兼藝術總監林懷民先生的父親）。當長篇小說《螢》出版後，我亦如法炮製，因此，我同時擁有兩張「著作權執照」，及兩份內政部公函。現在正可與那兩本書相得益彰，做一個完整的呈現。

若以世俗的眼光來看，那只足足有百餘斤重的保險箱，裡面存放的理應是金銀財寶之類的東西才對。然而，除了上述兩本舊書，以及相關文件外，尚有一張我此生引以為傲的，那便是戰地政務時期，金門地區民間第一張「行政院新聞局出版事業登記證」（時新聞局長為錢復先生。錢先生為前台大校長錢思亮先生之公子，後曾任外交部長、監察院長）與六本三十二開（一至六期）既薄又不起眼的《金門文藝》，和三本二十五開的革新號，以及一張「中華民國雜誌事業協會會員證書」（時理事長為任卓宣先生。任先生為國內著名政論家，亦即是早年重要文學刊物《文季》發行人尉素秋教授的先生，主編尉天聰教授的姑丈）。

坦白說，我之於保存那些過去的東西，並沒有想到有一天會成為「文物」，或是可以拿到市場去拍賣。心中只有一個想法，那便是凡走過的必留下痕跡，既然沒有能力把《金門文藝》辦好，這些過去的東西卻能讓我緬懷爾時那段懵懂的青春歲月，以及為自己留下一個慚愧的紀念。然而屈指一算，這些過去的東西已歷經三、四十年的慘澹時光。即便成不了珍貴的文物，但卻是歲月的遺跡，每一件物品彷彿都隱藏著一個不欲人知的故事。其箇中之滋味，或許只有身歷其境者，始有切身的感受。當它們在陰暗的鐵櫃裡塵封多年後，台灣文學館竟有意讓它們重見天日，身為主人的我，除了樂觀其成，也與有榮焉。

然而，當這些過去的東西受到重視時，理應暗自竊笑才對。但相反地，我的內心卻有太多的感慨。原以為《金門文藝》這塊生銹的招牌經由文化局重新擦亮後，在經費無虞又有專業人員負責邀稿與編輯時，必可一期一期地辦下去。而萬萬沒想到，當這本刊物出版四十五期，備受文壇與各界肯定時，卻遭到某些政治人物無情的打壓，莫名其妙地把文化局編列的出版經費預算全數刪除。讓這本命運多舛的雜誌，又一次地遭逢停刊的命運，的確讓人痛心疾首。

而這些揮舞著預算大刀的民意代表，他們能說出一個令人折服的刪除理由嗎？還是僅憑他們的權勢即可為所欲為？倘若如此，與戒嚴軍管又有何兩樣？還談什麼民主政治？還有什麼民主素養可言？當他們做出如此錯誤的決定時，難道不覺得汗顏？不感到愧對這塊土地和祂的子民？所謂人在做、天在看啊！歷史會記下這一筆的。

不可否認地，人的情緒一旦受到某種影響，往往會有激動的時候。此時，我必須心平氣和地來談談「手稿」，可是手稿兩字對我來說則有一點沉重。以前在電腦打字尚未普及時，惟恐字跡過於潦草，主編看也不看一眼就順手把它丟棄在字紙簍裡。為了要讓主編留下好印象，每每都是先打好草稿，再一字一句工工整整地把它謄寫在稿紙上，復把草稿紙撕掉，然後等待文章被刊登，或是稿件被退回。刊登出來的作品剪報保存，退回的稿件則順手撕掉。因此，幾乎沒有留下任何一篇底稿。

直到一九九六年，當我執筆書寫短篇小說〈再見海南島　海南島再見〉時，因一時大意而誤撕一張雙面草稿紙，致使在謄稿時不能連貫。儘管這篇小說源自自己的手筆，但無論再怎麼思、怎麼想，也想不出那個段落當初是怎麼寫成的，內心的懊惱不言可喻。於是在進行長篇小說《失去的春天》創作時，惟恐重蹈覆轍，就把初稿時寫得密密麻麻的草稿紙保留下來；謄稿請白翎老師幫我打好字後也一併保存，它也是我唯一留下的手稿。計有初稿一百六十六張（有B5、B4、A3、A4各種規格之影印紙，且雙面書寫），謄稿三百二十九張（六百字稿紙）。往後創作均以電腦打字取代手寫。故此，我並沒有因刻意地要保留手稿而捨棄電腦打字回復已往的手寫。那非僅有點矯揉造作，也跟不上時代潮流。即便我的字跡潦草，甚至有「畫符」的意味，但我還是決定野人獻曝，提供二張草稿六張謄稿共襄盛舉。

談起「與作家來往的書信」，從我習作以來，與我相識卻又經常以書信談文論藝、或相互關懷的作家朋友少說亦有幾十位吧。並非我誇大其詞，數十年來收到諸友人的信件足有千封以上。但我並沒有保存信件的習慣，往往經過一段時間就逕行處理掉，但卻也保留一些較為特殊的。為了表示對策展單位的支持，於是我翻箱倒櫃找出幾封較具代表性的，其中首推文壇大師陳映真先生，以及韓國著名詩人初荑・金良植女士。

陳映真先生可說是近代文學史上最重要的作家之一。著有：《夜行貨車》、《山路》、《將軍族》、《第一件差事》、《我的弟弟康雄》、《唐倩的喜劇》、《上班族的一日》、《萬商帝君》、《鈴璫花》、《忠孝公園》、

《父親》以及《陳映真小說集》（一九五九—二〇〇一）全套六冊等書。其作品思想層次分明，文字獨具魅力，除了反映時代，更深刻地捕捉台灣社會的演變，為當代最被議論也最受肯定的小說家。雲門舞集創辦人林懷民先生，曾於二〇〇四年以他的小說〈山路〉、〈兀自照耀著的太陽〉與〈將軍族〉編成現代舞蹈組曲，並以〈陳映真．風景〉為名，於同年九月十八日在台北國家戲劇院首演。陳映真先生受到的敬重，作品受到的肯定，我們可從這齣舞曲中得到印證。

映真先生曾於一九九八年九月與夫人麗娜女士，偕同其弟映三夫婦蒞金，並在寒舍小住數日。先生在文壇雖貴為大師，但為人謙虛，平易近人，有大師之風範，卻無大師之倨傲。一夥人在我碧山老家古厝院子裡，無拘無束地話家常。然而，當我們觸及到文學時，先生自承受到魯迅、契訶夫與芥川龍之介等作家的影響，也因此而發展出個人的創作風格。他曾說過：「文學為的是使喪志的人重新燃起希望；使受凌辱的人找回尊嚴；使悲傷的人得著安慰；使沮喪的人恢復勇氣。」其對文學之詮釋，確乎有獨到的一面，讓我有聽君一席話勝讀十年書之感。先生現與夫人旅居大陸，除了擔任「中國社會科學院榮譽高級研究員」，二〇一〇年六月並加入中國作家協會，為首次有台灣人加入。台籍作家能受到中國官方如此禮遇者，先生可謂第一人。其書信一旦參與展出，勢必是一份珍貴的文學史料。惟受限於某種因素使然，在台灣文學館相關人員的建議下，只好重新放回原處妥為保存。

初荑．金良植女士為韓國著名女詩人，本名金惠晶，韓國梨花女子大學英文科學士，東國大學印度哲學科碩士。著有：《井邑後詞》、《初荑詩集》、《一隻公貓》、《鳥群的日出》、《瑞草洞的痲雀》以及《初荑　金良植　詩全集》等書。台灣創世紀詩社曾於一九九七年出版《初荑　金良植詩選》（許世旭、金學泉譯）。在其全集「別卷」裡，曾收錄洛夫、向明、張默、辛鬱諸詩人的作品，以及我的散文〈異國詩情〉。

詩人曾於一九九六年十一月來台參加「世界女記者女作家協會」年會，並於會後蒞金參訪。翌年又偕同其夫婿蔡錫虎先生來金旅遊，由我充當嚮導，陪同詩人伉儷參觀浯島各景點。然而說來好笑，我既不懂韓文，亦不懂英語，而詩人雖能寫簡單的中文字，也略知其意，但卻不會說中國話。於是每當欲與詩人對話時，在無人可翻譯下，只好把中文寫在紙上作為相互溝通的橋樑。詩人回國後並沒有忘記遠在金門的友人，除了寄來人蔘茶，也經常來信聯繫。然她知道我不懂外文，因此每封信均附有一張印著韓文住址的小貼紙，以方便我回信。可是她的信並非以韓文書寫，而是中英文兼具。或許她深知英文是國際語言，如果我看不懂，找人翻譯並不難。假若用韓文書寫，可能就比較麻煩。詩人雖沒明講，但我卻能感受到她的用心。現下我把詩人寫給我的三封信提供參展，讓諸君同來領會可貴的異國詩情。

當我整理好上述物品時，卻無意中發現三張褪色的照片。那大約是民國六十幾年吧，台灣省作家金門前線訪問團，由總政戰部某中將副主任擔任領隊，團員計有：林佛兒、林文義、袁瓊瓊……等多人，均為當年文壇頗負盛名的作家。而值得一提的是，政二處負責此次參訪的連絡人，正是官拜少校參謀、承辦文宣業務的知名作家蘇偉貞小姐。

諸君都知道，金門地區自民國四十五年六月起即實施戰地政務試驗，直到民國八十一年十一月始告終止，前後長達三十六年又五個月之久。其間不僅被歸類為前線，也是戒嚴地區，台灣一般平民百姓想來一窺戰地面貌談何容易。除非逢年過節，工商團體帶著巨額加菜金或物質，透過軍人之友社的安排，以勞軍的名義組團前來，否則的話並非想來就能來的。但是國防部總政戰部則會視任務需要，在適當時機邀請台灣省作家蒞金參訪。其目的毋寧想透過他們的生花妙筆，報導金門守軍：有頂天立地，雄壯威武的氣概；有嚴肅沉著，泰山崩於前而不驚的定力；有行動迅速、機警、做事確實的習性；有一個口令、一個動作，視令如命，絕對服從的本能；有殲滅敵人、反攻大陸的無比信心！或寫一些軍愛民、民敬軍，軍民本是一家人之類的溫馨故事，以達到文宣的目的。

那天，他們一行人搭乘軍機蒞金，復由金防部政戰部主任以及政二組相關人員陪同，乘坐迎賓車參觀島上的軍事設施與主要景點。晚上並接受司令官在擎天峰設宴款待，飯後到擎天廳觀賞藝工隊演出，簡直被奉為貴賓。當他們完成兩天參訪行程臨返台時，一夥人竟興高采烈地蒞臨新市里與我晤面。除了相談甚歡，也留下團體合照，林佛兒並特地為我和蘇偉貞及袁瓊瓊各拍了一張合照。時隔三十餘年後的今天，他們依舊馳騁文壇，且歷久不衰。為美麗的寶島，人間的天堂，寫下難以計數的不朽篇章，幾乎都是著作等身的作家。尤其是蘇偉貞，離開軍職後又至香港中文大學進修，獲得博士學位後返國貢獻所學，現為成大中文系專任副教授。既是作家又是學者，令人既羨慕又敬佩。而時光匆匆，三十餘年的人生歲月已不知不覺中從我們的指隙間溜走。當那三張褪色的照片呈現在諸君面前時，勢必會勾起他們無限的回憶。儘管無情的歲月催人老，青春年華一去不復返，但遙想當年，彼此都曾年輕過，那幾張褪色的照片，不就是最好的寫照麼？

然而，當我整理好那些過去的東西並列出借展清單時，不禁捫心自問，它們真能成為「文物」嗎？我非僅沒有一點概念，更是懵然無知。但從文化局轉來「國立台灣文學館借展同意書」的條文裡，卻清楚地看到「陳長慶出借文物予國立台灣文學館」之相關文字。難道我已成為文物收藏家而不自知？當初把它深鎖在保險箱裡或許有先見之明吧。想到此，內心未免有點羞愧，那只足足有六十餘年歷史的保險箱，是岳父當年經營「金門客運」與「新成布莊」，在事業有成、財源滾滾時，用來存放銀兩的。

可是三十餘年前，當我承接這個笨重的龐然大物時，卻有英雄無用武之地之感。甚至時間一久，保險箱的鑰匙已不見，密碼的旋鈕亦被鐵銹卡死，已完完全全失去應有的功能。因此，它只是虛有其表而已，一點也不保險。然縱使如是，它卻存在著某種紀念意義，在不能丟棄的情由下，只好加以利用，用它來存放那些過去的東西。但設若過去的「東西」真能成為當今的「文物」，似乎也該感謝這只失去保險功能的保險箱。如果沒有它，那些過去的東西或許早已棄如敝屣，焉能被台灣文學館視為文物，繼而參與金馬文學特展。

原載二〇一二年十一月十八日《金門日報．浯江副刊》

老調重彈

從《中央社》新聞得知，「豆導」鈕承澤先生，決定以一九六〇年代國共對峙時期的軍中樂園為題材，拍攝一部名為「軍中樂園」的電影，並要把這部片子獻給他的父親。放眼當今國內外影壇，大小導演可說無數，可是又有誰想過要拍攝一部別出心裁的作品獻給自己的父親？現下，我們姑且不論豆導獻給他父親的用意是什麼？也不必去追問其尊大人究竟與軍中樂園有何關係？值得肯定的是他的用心和孝心，以及對這段歷史的青睞。

豆導曾於今年夏季某天，透過文化局周祥敏課長與我連繫，謂他們將於近日蒞金，希望能與我晤面。然我因罹病在身、情緒低落，竟不通人情地一口回絕。周課長亦能體恤我的實情，除了不便勉強，亦言及會向豆導轉達。想不到翌日，豆導的助理則逕行來電與我連繫，並把他們擬籌拍新片的構想簡單地向我敘述，希望他們抵金後，能和我談談關於金門特約茶室的二三事。從她的口氣中，我能感受到他們的誠意，以及迫切地想瞭解戰地文化的心境。為了不再拒人於千里之外，經過短暫的思考，我終於答應與他們會晤。

儘管金門文史工作者無數，但若要談論特約茶室這段歷史，想必我會較其他人更深入，這或許也是豆導找上我的原因。並非老朽大言不慚，我不僅有多年的業務承辦經驗，亦因業務需要而經常走訪各茶室，或因處理突發事件而與侍應生有近距離的接觸。對特約茶室的經營形態，對侍應生的日常生活，以及其內部的林林總總，可謂瞭若指掌。然而，當年在民風保守的情況下，一個純樸的在地青年經常進出軍中樂園，並不是一件什麼光彩的事，善良的鄉親想不以異樣的眼光來看待也難。幸好我自有分寸，也獲得長官充分的信任，並未曾有逾越職務上的行為而遭受外界的批評。那時，只是善盡一個承辦人員的職責而已。如此，它也是我毫無忌諱，敢於著書及接受媒體採訪、或為導遊授課，光明正大來談論這段歷史的主因。但萬萬沒想到，經過數十年歲月沉澱後，這段過去的歷史竟還能受到重視，甚而將以舊時軍中樂園的名稱搬上銀幕，的確是我始料未及的。

那天，豆導偕同助理多人蒞臨新市里，彼此一見如故，相談甚歡。縱使他一九八三年即以「小畢的故事」入圍第二十屆金馬獎最佳男配角，翌年並獲得中國文藝獎章（電影表演獎）。往後演而優則導，二〇〇七年以「情非得已之生存之道」獲得第四十四屆金馬獎「國際影評人費比西獎」；二〇〇八年以「我在墾丁天氣晴」入圍第四十三屆「金鐘獎戲劇節目導演獎」；二〇一一年以「艋舺」獲得第十一屆「華語電影傳媒大獎最佳新導演獎」……等獎項的殊榮。但他並沒有大明星大導演的傲氣，不僅待人謙虛有禮，談起話來更是有條不紊，讓老朽留下深刻的印象。

他們此次蒞臨這座小島的目的，顯然地，是為了更深一層地瞭解冷戰時期遺留下來的戰地文化，以作為他們籌拍新片的參考。即使在相互交談時，豆導並沒有明言他們計劃中的新片要以軍中樂園為題材。但從他們一直圍繞在特約茶室這個議題和我交談，並由助理一一做成紀錄；甚而更提起二〇〇五年《中國時報·人間副刊》「性史二〇〇六徵文」榮獲首獎的〈軍中樂園祕史〉那篇作品。因此從種種跡象顯示，我已意會到他們蒞金的意向是什麼。

然而，即便〈軍中樂園祕史〉獲得徵文首獎，並刊載於二〇〇五年十二月五日《中國時報·人間副刊》，可是文中卻也有諸多值得我們商榷的地方。儘管它的背景是「陸軍第二軍團鳳山特約茶室」，可是它依然必須遵照國防部相關法令來設立和經營，豈能私自向監獄「徵召」女犯人充當侍應生、來為第二軍團的官兵服務？而且侍應生要到美容院洗頭，還必須扣著手銬由士兵押著。這種背謬的描述，的確令人遺憾。更誇張的是：「樓房的二、三樓，分隔九百個房間，同時容納九百位小姐營業。」

想當年，金門駐守十萬大軍，侍應生總人數亦只不過一百六十餘位。試想，鳳山第二軍團有多少官兵，竟要九百位侍應生來為他們服務？而樓房面積又有多大，竟可分隔九百個房間，同時容納九百位小姐營業？看到這種誇大其詞的不實情節，確乎讓人不敢苟同。故而，我曾於二〇〇六年元月五日，撰文發表於《中國時報．人間副刊》加以駁斥。擔任評審的作家成英姝小姐，在缺乏軍中樂園這方面的知識下，竟寫下如此的評語：「性史若是造假就沒意思了……。」如今再次想想，真是沒意思！

於此，我隱約可以看出一些端倪，或許豆導將綜合他們所蒐集的特約茶室資料，重新編寫一部能符合觀眾味口的劇本，來拍攝爾時軍中樂園的故事。雖然他設定的地點是「台海兩岸一個風光明媚的小島上」，並沒有指明是金門還是馬祖。但從豆導兩度蒞金，並獲李沃士縣長接見，再由金防部政綜組相關人員陪同四處勘察外景場地……等等情事來推論，想必這個風光明媚的小島正是金門。但就事論事，金門特約茶室是兩岸軍事對峙時較獨特的軍中文化，儘管故事可以虛構，但卻不能背離史實，更必須以嚴肅的態度來面對這段歷史。可是站在導演的立場，豆導勢必已有自己的定見，或是全盤性的考量，不一定會認同我的觀點。因為他們想拍的是既能被觀眾接受又能賣座的劇情片，而非僅是還原史實的紀錄片。

固然，豆導有他專業的考量，亦有票房上的壓力，我們必須予以尊重。可是有些細節不能不慎重，尤其是涉及到六〇年代的時空背景，即便不能回復當年的情境，卻也不能過於離譜。譬如二〇〇五年公視製作的電視劇「再見，忠貞二村」，劇中的營長退伍後，竟然可以把手槍帶回家，然後用這把手槍自殺。如此的情節，豈能瞞得過觀眾雪亮的雙眼？大凡當過兵的人都知道，無論高階將領或士官兵，一旦退伍，就必須把在營時領取的軍用裝備和武器，悉數繳交給負責經管的補給士及軍械士，始能辦理離營手續。劇中的營長焉能擅自把手槍帶回家？或許，「再見，忠貞二村」導演梁修身先生及編劇劉凡禎小姐，對軍中相關規定並不熟悉，甚至也缺乏這一方面的知識，以致只顧及到劇情的發展，而疏忽了極其重要的一點。縱使該劇是台灣獨有的眷村文化，亦曾獲得當年金鐘獎提名，然卻也有美中不足之處。

相對地，軍中樂園也是一種獨特的文化。尤其金門特約茶室是由軍方直營，與台灣外包的方式截然不同。侍應生的營業場所與管理方式，亦與台灣民間妓院有所差異。未曾到過軍中樂園的豆導及其團隊，光憑相關資料與文史工作者的口述，是否能把這段歷史做一個完美的呈現？還是僅以「軍中樂園」這個讓人充滿著遐想的片名來吸引觀眾？雖然，金門特約茶室侍應生與台灣妓院的妓女們從事的都是性工作，但彼時金門是戰地，是反攻大陸的跳板，軍方為了她們的安全起見，訂定了許多管理規則。縱使限制她們部分行動上的自由，但對她們採取的則是人性化的管理，除了不會剝削她們營業所得，在生活方面對她們也照顧有加。而台灣妓院的妓女，則要受到老鴇及道上兄弟層層剝削。

不可否認地，文學是現實社會的反映，亦是人生百態的寫照，有第八藝術之稱的電影亦然。豆導構想中的軍中樂園，其時空背景定位在一九六〇年代一個風光明媚的小島。而在那個年代，這座小島民風淳樸、百姓善良，除了多次遭受無情戰火的摧殘，也發生過多起婦女遭受駐軍凌辱及暴力相向的不幸案件。自從軍方在台灣召募侍應生來到島上為三軍將士服務後，那些每天枯坐在這座島嶼等待反攻大陸的戰士們，被壓抑的性終於能得到紓解，精神亦有所快意。也因此而減少了許多不必要的軍民糾紛，與軍人強暴當地婦女的不幸事件發生。

尤其當年國軍撤退到這座島嶼時，弟兄們來自四面八方，素質參差不齊，因此而軍民糾紛頻傳，最常見的莫過於男女間的感情事件。少數忍受不住寂寞卻又自作多情的軍人，在騷擾當地婦女不成後，竟惱羞成怒而以暴力相向。究其原因，與他們長久受到性壓抑而無處發洩有絕對的關聯。倘若以祥和的社會層面而言，那些侍應生在發揮女性本能而獲取應得的報酬後，對這座島嶼的社會安定絕對有所助益，這是我們必須體認的事實。故此島民理應懷抱著一顆感恩之心才對。可是彼時，純樸的鄉親一見到那些化濃妝、灑香水，穿著暴露的「軍樂園查某」，非僅沒有一點好感，甚至還暗中罵道：「袂見笑」。當然，一些專做軍樂園生意的商家，以及受雇替她們洗衣帶小孩的阿婆阿嫂除外。豆導片中若有涉及此類情景，必須忠於事實，始能符合當年的社會形態。

回想爾時，軍方為了顧及到官兵的性需求，除了本島的金城、庵前、山外、沙美、小徑、成功，以及離島的東林、青岐、后宅、大擔均設有特約茶室外，為了配合慈湖施工，竟在附近的安岐村租用民房設置機動茶室。復又在金城總室開放社會部，讓無眷公教人員壓抑的性亦能得到解放。甚至為了東碇島上一位老士官雞姦充員兵之變態行為，司令官在晚餐會報時還特別指示承辦單位，每三個月必須派遣侍應生到東、北碇巡迴服務，讓戍守第一線官兵的性慾，亦能適時得到紓解。雖然豆導這部以軍中樂園為題材的電影，不可能涵蓋整個特約茶室的層面，從那一個點切入亦不得而知。但畢竟，有人記錄這段歷史總比沒有好，就像重新整修開放的「小徑特約茶室」，即使不能回復之前的原貌，亦有諸多不盡人意之處，但卻能讓這段獨特的軍中文化重現。遺憾的是仍有少數不明就理的人士，以不實的傳言來扭曲這段歷史。

縱然電影表現手法各家不一，觀眾對劇情亦有不盡相同的看法。而身為導演，豆導在意的或許是如何能拍攝出一部讓觀眾感動又能賣座的電影。至於是否能受到金馬或金鐘獎諸評審委員的肯定，則不在他的思考範圍之內。豆導曾說過：「獎項代表的永遠只是少數評審的品味，台灣電影的價值不需要靠獎項肯定。」我們認同豆導宏觀卻又精闢的說法。就誠如國內大大小小的文學獎，得獎者代表的亦只是少數評審的品味，沒有得獎的亦非都是劣質品。尤其金門有它獨特的歷史文化與風土民情，在地作家書寫的作品，只要鄉親及讀者感動就好，它的價值又何須靠獎項來肯定？倘若豆導構想中的軍中樂園，能朝著歷史的脈絡去追尋、去拍攝，勢必會有讓人意想不到的成效，高票房紀錄更是指日可待。因為「軍中樂園」這四個字，本身就是一個最好的賣點。

然若站在當年承辦人的立場，當軍中樂園被搬上銀幕時，不管是以何種角度切入，不管故事是虛是實，都不能背離史實。假如僅以「軍中樂園」這個聳動的片名來取悅觀眾，或是醜化侍應生來博取觀眾的歡心，再高票房紀錄也將失去意義。回想彼時那些遠從台灣來的侍應生，她們承受二十餘個小時的海上顛簸，冒著砲火的危險來為前線勞苦功高的三軍將士服務，其精神與勇氣值得我們肯定。即便她們被認為是出賣靈肉的妓女，但又有誰是天生的呢？她們之於會淪落至此，其背後幾乎都有一個不欲人知的心酸故事。因此，其人格必須受到應有的尊重，更要以嚴肅的態度來看待這段歷史。而如何始能兩者兼顧或面面俱到，相信以豆導的智慧、學識及專業素養，必可拿捏得恰到好處。我們期待「軍中樂園」這部影片早日開拍，也期望能融入島上的人文景緻，好為文化金門增添一些亮麗的色彩！

原載二〇一二年十二月十一日《金門日報・浯江副刊》

無齒老漢的獨白

老朽雖已屆古稀，但似乎尚未達到「老甲袂哺豆腐」的程度。然因年輕時承受不了牙痛的折磨，不管是牙周病，或是牙髓發炎，抑或是食物嵌塞造成的牙痛，幾乎都毫不猶豫地請牙醫師拔除；說白一點，就是痛一顆、拔一個，以免承受「牙痛不是病，痛起來要人命」的苦楚。縱使沒有全部拔光，但拔掉的幾乎都是依賴它咀嚼的臼齒而非門牙，故而多年來因無齒的緣故，未曾品嚐過較難咀嚼的珍羞佳餚或新鮮蔬果。不可否認地，人老不中用已是毋庸置疑的事實，可是一個面對美食當前、只有乾瞪眼的份的無齒之徒，或許才是世上最悲哀的人。因此，內心的懊惱不言可喻，甚而想吃幾塊「菜脯」也是一種奢望，遑論是「哺塗豆」。

今兒蒙受政府補助老人裝假牙的德政，即使它無關選舉而是冠冕堂皇的社會福利，但身為升斗小民，豈能不感謝他們所施予的恩惠。尤其對一個靠老人年金過活的老年人來說，二萬元並不是一筆小數目，如果沒有它的補助，裝假牙的事可能遙遙無期。即使有了政府的補助，可是假牙並非說裝就能裝，它必須經過牙醫師的評估和診療，絕非三兩天即可裝妥的。如果老朽沒記錯，自從決定裝假牙後，進出牙醫診所少說也有十幾二十次。從拔光上顎所有的牙齒，到下顎幾顆必須抽神經的蛀牙；從去除牙髓組織與管徑清創，到後續的打骨釘做齒模……等等。「裝假牙」這三個字說來輕鬆、寫來簡單，但它的療程則是繁複的，受罪更是難免。每次張嘴坐在診療椅上讓醫師治療時，內心不禁會想，裝上假牙真能隨心所欲嗎？還是「開戇錢」又擱「討皮痛」？

果真，經過一段時日的牙周治療與牙髓清創等療程，在印妥齒模後的不久，牙醫師終於為我配好一副活動式的假牙。儘管每天戴上時必須用假牙黏著劑把它緊貼在牙床方不致於脫落；晚上卸下後又要刷洗乾淨，復以專用的假牙清潔錠浸泡，以防止細菌滋生，確實增添不少麻煩。可是為了能正常地咀嚼，我沒有不遵照醫師指示的理由。縱然它只是一副假牙，但有齒總比無齒好，原以為戴上去能吃點蔬果或較易咀嚼的食物也就心滿意足了，想不到竟能「食菜脯」又能「哺塗豆」，除了佩服牙醫師醫術高明，也得感謝政府施予的恩澤。

可是繼而一想，即便牙醫師心地仁慈，醫術高明，但倘若沒有政府補助的二萬元再加上自備款，復加一張任由他們刷的健保卡，或許，迄今我依然是一個無齒之徒。試想，在這個現實的社會，又有那一個具有「仁心仁術」的牙醫師，願意免費為老人裝假牙？縱使是生活貧困的老人，也享受不到如此待遇。而置身在這個中華民國福利最好的幸福城市，政治人物如果不是想達到勝選的目的，豈會開出一張既漂亮又能搔到老人癢處的競選支票來爭取他們的支持？可不是，牙醫師為的是「報酬」（說「為金錢」未免太庸俗），政治人物為的是「選票」（說「騙選票」未免太沉重），無齒老人為的則是一副能「食菜脯」又能「哺塗豆」的假牙，可說是各取所需啊！故而，誰也不欠誰，誰也不必感謝誰！

說起「菜脯」，它與「豆豉」一樣，都是爾時農家賴以佐餐的食物。記得小時候，孩子們經常頑皮地對著那些借住在村裡的北貢兵說：「阿兵哥，真艱苦，食飯配菜脯，暗暝想無某！」他們「食飯配菜脯」已經算「真艱苦」了，而我們農家「食安茨配菜脯」不是更「艱苦」嗎？彼時的耕地有限，那一塊地準備「種塗豆」、「疊安茨」、「播芋」、「種玉米」或「種露穗」、「種麥仔」、「種胡豆」、「種番仔豆」……等等，似乎早已有了計劃與定見，由不得他人任意更改。

但先輩的智慧則不可輕忽，在不影響作物的成長下，他們會利用「塗豆溝」或「園岸邊」種些「米豆」、「綠豆」或「菜豆」；在「番仔豆園」或「麥仔園」撒一些「菜頭籽」，在「芋溝」種一些「胡奶豆」，如此也是俗稱的「寄溝」，亦即是利用空間附帶種植其他農作物，讓它們一起成長，屆時將同時有兩種作物可收成。往往寄生在田裡的蘿蔔，既不必澆水又毋須刻意地施肥，與其他作物沒兩樣，汲取的都是原先潑灑的「豬屎尿」或是撒下的「牛屎糞」抑或是「火灰拌生尿」等肥料。對於「豬屎尿」或「牛屎糞」或許大家都較熟悉，而什麼是「火灰拌生尿」呢？老朽必須在此說分明。

所謂「火灰」，亦即是燒柴火留下的灰燼。彼時農家煮食用的幾乎都是紅磚與「紅赤塗」砌成的大灶，並以枯木和野草做燃料，故而一天下來，從「灶空」產生出來的火灰少說也有一、二「畚斗」。負責煮飯的村姑，一早起來最主要的兩件事就是「刮鼎」和「犁火灰」。因為鍋子外面經過煙燻，會凝聚一層厚厚的煙煤，也就是俗稱的「烏煙屯」（「屯」左邊應加「黑」），如果不把它刮除，煙垢太厚鍋裡的食物不易煮熟。故而村姑一早就會先把鍋子頂到門外的空地，用「草鋤仔」或鋤頭輕輕地把煙煤刮除。但若遇到「厝邊頭尾」有婦人生小孩而未彌月，惟恐「刮鼎」的聲音太大而驚嚇到幼兒，則必須拿到較遠的地方去刮除。每當刮好後，又得先把鍋子放一旁，並用草鋤仔在煙煤散落形成的圓圈處，刮一道缺口，據說是為了防止人或畜生進入圈裡而出不來。縱使它只是一個毫無根據的傳說，但爾時村姑在「刮完鼎」後，都少不了要做這個動作。

但是說來卻也奇怪，鍋子的煙煤必須刮除，然其「烏煙屯」竟然也有它的妙用。每逢「閹雞的」吹著笛子拿著木棍帶著繩子及專用的利刃來到村子裡，準備替餵養家畜或家禽而有需求的農家，進行「閹雞」、「閹豬」或「糾豬仔脬」（「糾」取其音，亦即閹割之意）時，往往要先用破舊的器皿，刮一些「烏煙屯」加上「火油」（塗豆油）一起攪拌，當他熟練地割下「雞脬」、「豬仔脬」或結紮好「豬母生囝腸」而留下傷口時，只要塗上「烏煙屯攪火油」這道土方，被閹過的「雞角」（「角」右邊應加「鳥」）與「豬仔囝」以及被結紮的「豬母」，鮮少有因閹割或結紮而死亡的情形。即便此時此刻我們置身在一個科技興盛的全新年代，亦有獸醫之專門人才與技術，但先人遺留下來的土法，縱然沒有獸醫學之根據，然則值得我們來緬懷；更何況在爾時「閹雞」也是一種副業。即便靠「糾雞脬」及「糾豬仔脬」的微薄工資難以養家活口，可是對於貧窮的家境來說則不無小補。

每當村姑刮好煙煤把「鼎」放進「鼎灶」後，繼而的是「犁火灰」。她們會熟練地取來畚斗放在「灶空」前，再用「火灰板」把灰燼剷除出來倒進畚斗裡。如果「灶跤」大一點的，會在不妨礙炊事的角落，用「塗墧」圍住缺口，以方便存放「火灰」。一旦播種或農作物需要肥料時，再重新把它盛裝倒在門外的空地，並從房裡抬出家人溺尿的「粗桶」，桶裡盛裝的就是俗稱的「生尿」，然後用「粗杓」舀起，輕輕地潑灑在火灰上，再用手把它攪拌均勻。倘若不如此攪拌，「生尿」的量非僅不多，也會過鹹，「火灰」更會撒得滿天飛，因此才有「火灰拌生尿」這種肥料。儘管彼時作穡人大部份都沒有讀過書，可是誰能低估他們的智慧呢？

雖然它的效果遠不及現下的化學肥料，可是種下去的蘿蔔則依然長得又肥又大。蘿蔔葉除了可餵豬外，蘿蔔的吃法亦很多，農家會用「銅礤」礤成籤、煮「菜頭糜」；用「礤仔」礤成細絲，和上「安茓粉」及作料，蒸成「菜頭圓」或做「菜頭粿」。但最常見的是切片或切塊「炕菜頭湯」，因為蘿蔔性味較涼，除了可做湯喝外，亦有清熱氣、解毒的功效。吃不完的則用來「豉菜脯」、「豉菜脯籤」或「曝菜脯籤仔」（亦有「曝菜脯米」之稱）。

談起「豉菜脯」，除非是專門醃漬販售的人家，始有其獨家祕方與醃製手法，一般農家的醃漬方法似乎都大同小異。他們會先把拔回來的蘿蔔去葉去根切成條狀，復經風吹日曬讓它收水，再用「洗碗斗仔」或「跤桶」盛裝，並撒下鹽，復用手使力加以揉搓，讓鹽分能深入菜脯裡，然後視數量的多寡，再裝進大小不一的甕子或缸密封。

「豉菜脯籤」的方法與「豉菜脯」並無太大的差異，唯一不同的是「菜脯」係用刀切成條狀，「菜脯籤」是用「銅礤」礤成絲，但兩者都必須用鹽醃漬，經過一段時間即可食用；惟「菜脯」醃漬的時間較長，「菜脯籤」較短，食前均須用清水把鹽分洗掉，以免過鹹。如果遇有新鮮魚湯可沾，亦即是俗稱的「菜脯搵魚湯」，吃過後簡直讓人回味無窮，老一輩的人更是念念不忘這種美味。

「菜脯籤仔」同樣是用「銅礤」礤成絲，但不必加鹽，直接在太陽底下曝曬，曬乾後即可存放在甕中或缸裡，如此存放半年也不會變質。如欲煮食得先用水浸泡讓它柔軟，再加些作料一起炒，或是放些「塗仁糐」下去煮。在物資貧乏的年代，老一輩窮則變，變則通，「塗仁糐炕菜脯籤仔」何嘗不是一道美食？

而所謂的「塗仁糐」，它是把剝過殼的生花生或熟花生，放在「舂臼仔」

用「舂臼槌」搗碎，再用湯匙把它掏起來，熟的可現吃，生的必須經過煮熟。彼時一些上了年紀的老人家，因無齒而不能「哺塗豆」，孩子們總會剝一些曬乾的熟花生，放在「舂臼仔」搗碎成「塗仁糐」，給老人家當佐餐。炒過的「塗仁」經過搗碎成為「塗仁糐」後，再拌上沙糖，即是現時「塗仁粿」的內餡，它也可以用來「包拭餅」。而生的「塗仁糐」則可當作料，除了「炕菜脯籤仔」亦可「炕鹹菜」、「炕芥菜」，更有「塗仁糐煮豆豉」這道即將失傳的傳統美食！

想起「塗仁糐」，當然也得談談「種塗豆」；倘若沒有「塗豆」，又何來「塗仁糐」？關於種塗豆，金門東半島和西半島的播種方式略有不同。西半島係先用犁翻溝，復將花生沿溝播種，再以犁覆土；東半島採取的則是用犁先「車園股」，再「踏跤窟仔」。但無論何種播種法，種花生並非一個人可成就的，它必須多人分工合作。就以東半島來說，通常都是查甫人負責犁田「車園股」，查某人擔負「踏跤窟仔」及播種。每當犁好一畦，其中一位婦人會趕緊以腳與腳為間距，快速地踩下一個個深深的窟窿，後續的人則提著花生種籽，時而一粒，時而兩粒，精準地丟進窟窿裡，並順勢地用腳一抹，把田土覆蓋在種籽上，其動作不僅快，也相當伶俐。

如係一般的「塗園」，每畦種「五逝」，「澹園」則種「七逝」或「九逝」；所謂「逝」亦即是「行」的意思。但是，「跤窟仔」並非依序「踏」，如是塗園，必須先踩中間及左右各一行，種好後再分別踩種兩邊的次行，以防止踩好的「跤窟仔」被沙土覆蓋。等全部種好，又必須用「耙耒」把它耙鬆、耙平。而這種「耙耒」不同於一般鐵製的「六齒仔」，它的耙齒是用竹釘做成的，有「八齒」亦有「十二齒」，種塗豆通常都用十二齒；如果一畦種五行，則必須來回各一趟，始能把「塗豆股」耙平。然而，耙耒雖不笨重，但設若一畝田可種植番薯一千三百株，也是作穡人說的「千三栽」，一旦用來種塗豆，少說也得犁上十幾畦，當來來回回把它耙好，手腳不痠才怪！但作穡人唯一的願望是：只要「好年冬」有收成，再怎麼辛苦都是值得的。

然而，儘管種下塗豆，但後續還得經過「鋤塗豆」、「摳塗豆」、「捻塗豆」、「煠塗豆」、「曝塗豆」或是「炒塗豆」……等等，才能品嚐到塗豆的香脆。但往往天不從人願，有時人算亦不如天算，並非種瓜即可得瓜、種豆即可得豆，即便作穡人沒有悲觀的權利，但卻也不能過於樂觀。倘若遇到「天公毋落雨」，或遭受「烏肚蟲」、「塗猴」和「烏鼠」肆虐的「歹年冬」，縱然辛苦老半天，依舊沒有收成，屆時怨天怨地又有何用？這也是作穡人最為憂慮的地方，其心中之無奈，又有多少喜歡吃塗豆，而未曾種過塗豆的現代人所能體會的！

歷經多年的無齒生活，即使現下裝上的是一副假牙，自己也明白假的沒有真的好。但仔細想想，人生不就是光明與黑暗，真真與假假，虛虛與實實構造而成的嗎？我們曾經看過滿地燦爛的陽光，也親眼目睹天空烏雲密佈；我們曾經領會到朋友們誠摯之心，也感受到政客們的虛情假意，這不就是當今社會最貼切的寫照麼？況且，不管此時存在於我口中的是真齒還是假牙，有齒總比無齒好，能食菜脯又能哺塗豆更是我夢寐以求的；甚至在食菜脯與哺塗豆的同時，竟讓我想起爾時鄉村的一麟半爪，以及農耕時的點點滴滴。為了不讓回憶從指隙間溜走，為了留下這段美好的記憶，只有透過手中即將生鏽的禿筆，一字一句地把它記錄在浯鄉的文學史上，讓鄉親和讀者們共同來回味……。

原載二〇一三年十二月十一日《金門日報·浯江副刊》

父親的遺物

今年中元節前夕，七十六歲的大姊從台北回娘家，除了探視九十六高壽的老母親外，也習慣性地要裡裡外外清掃一番。某日，她提了一個塑膠袋交給我，並告訴我說是從父親遺留下來的木箱夾層裡清理出來的，全是一些發黃、破損的單據，或過時的契約之類的紙張，要我看看是否有保存的必要，如果沒有，就必須把它扔掉，以免日後遭受蟲蟻啃噬，危害到那只具有百年歷史的木箱。

於是我把它取出放在大廳的八仙桌上，即使它不是金銀財寶或是台幣美鈔，但面對這些日久發黃卻又脆弱的紙張，我還是小心翼翼地把它分門別類，然後再作取捨。雖然大部分都是一些民國四十一年左右的「權利書狀費收據」與「土地登記費收據」，以及四十四年間「福建省金門縣私有耕地租約」之類的單據，可是卻也有兩張較為特殊的東西，那便是民國三十四年四月九日「金門行政公署」核發的「牛籍抄本」與民國三十六年三月「金門稅捐征收處」的收據。縱使父親不識字，但卻很細心，從他保留這些已繳過費的舊單據便可看出端倪。雖然他老人家於民國七十五年十二月過世，但這兩張抄本與收據，卻在他手中則整整保存了三、四十年。如今「牛籍抄本」已屆七十年，「稅捐征收收據」亦已六十餘年，此時把它公諸於世，勢必會成為一份難得的史料。

即使民國三十四年我尚未降生，但二歲即失怙，七歲又失恃的父親，由曾祖母撫養長大，祖孫兩人相依為命，在曾祖母耳提面命下，據說十七八歲已是一個能獨當一面的農夫。然因家庭因素使然，一直沒有能力購買耕牛，為了耕種，不得不替村人陳承德代養。但依彼時的規定，無論畜主是誰，都必須向「廈門特別市金門行政公署農林股第四區」提出申請、建立牛籍資料，並把耕牛的特徵，用藍色印章在牛籍抄本上的耕牛圖形做上記號，以防被人調換。然後再發給「抄本與牛籍原簿無違」之證明，飼主拿到這份「牛籍抄本」，始能合法地飼養。

在一般人的思維裡，當我們看到「籍」字的相關名詞時，首先想到的，可能是圖書裡的古籍、經籍、史籍、典籍；籍貫的戶籍、本籍、原籍、祖籍；以及其他方面的軍籍、黨籍、學籍、稅籍、車籍……等等。但是，生長在這一代的年輕朋友，可曾聽過「牛籍」這個名詞？可曾看過「牛籍」的抄本？當然更不可能見到懸掛於「牛槓索」上的「牛牌」。即使老一輩的「作穡人」曾經把自家的耕牛依規定申報，並由當年「廈門特別市金門行政公署農林股」建立「牛籍」檔案加以列管，但畢竟已是民國三十四年的事，迄今已整整七十年光景。而此時尚健在的老農夫或許已不復記憶，甚至早已忘記耕牛必須設籍列管這件事。倘若沒有提出原始文件來佐證，不明就理的人，可能會誤以為老朽胡說八道。

而「牛牌」呢？雖然沒有看到實際上的官方資料，但從父親保存的一份耕牛轉售文件中，即使字跡撩草，但依稀可看出係由官方簽署的證明文件。其大意為：「陳禮培碧山三鄰一戶，牛四十三年十月出生，公牛，編號三一八五，四十三年十二月二十八日轉售于本鎮官澳村六鄰十六戶楊忠建。」另有一則附記為：「該村陳禮培之三一八五號耕牛轉售楊忠建，牛牌應隨帶。請將牛牌遺失情形報核，以憑核辦。」文後之簽名儘管撩草難以辨識，然若依當年的行政體系來推測，開立此證明文件者，或許是村指導員。也由此可見，爾時的耕牛非僅要建立「牛籍」，甚而還要懸掛編上號碼的「牛牌」。父親因牛牌遺失，不能讓出售的耕牛隨身攜帶，故而必須將遺失情形向村公所報告，足見當年對耕牛的列管是相當嚴格的。

不可否認地，牛雖然是畜牲，但卻是農家的好幫手。如果沒有耕牛幫忙犁田，農人若想耕種，可能要多花好幾倍的力氣勢能有所收成。尤其是先人留傳下來的農耕方法，更必須有耕牛的配合和幫忙，才能犁出俗稱的「塗豆股」、「安茨股」，以及種下「露穗」、「麥仔」、「胡豆」、「番仔豆」……這些賴以維生的農作物。但是收成過後，設若沒有耕牛來幫忙犁田鬆土，不久之後整塊田地勢必又要荒廢成草埔。故而，牛確實是農家不可或缺的好伙伴，少了牛就如同少了一條手臂，如果全靠人力，再肥沃的良田也難以耕種。當年政府為牛設籍、為牛掛牌，可能是深恐耕牛遭受百姓胡屠亂宰，而落得無牛可耕的窘境，不得不採取這種措施加以列管。雖然增添百姓不少麻煩，但政府的用心可見一斑。

另一張是民國三十六年三月「金門稅捐征收處」，征收「田賦及征借糧食暨帶募三十五年度積谷」的收據（「積谷」之意，是否就是收成堆積起來之穀類？因為「積」為積聚，「谷」為穀字之俗寫）。從這張收據顯示，父親耕種的面積為肆畝肆分，原應納賦額「農基蕩果」壹元柒角貳分（「農基蕩果」不知是否能作如下的解釋：「農」為農件物，「基」為建築物之底址，「蕩」為湖泊或水塘，「果」為果實之類，亦即是應納的賦額涵蓋著上述各類）。下方則有征收各項數額，「征實」為伍斗壹升陸合，「省縣公糧」為貳斗伍升八合，合計為柒斗柒升肆合，「折收代金」為參萬玖仟柒佰壹拾貳元。而當年如此高的稅額，若非「國幣」就是「關金」，我們可以從《金門縣志》金融篇：「淪日期間，三十一年五月南京汪偽政權成立，發行中央儲備券，以國幣二元易偽幣一元，三十四年勝利，偽中儲券廢止，仍使用國幣與關金……。」即可得到印證。至於它的幣值與物價關係，如今已時隔六十餘年，除了專門研究幣值與物價的專家外，一般農民知道的或許不多；況且，又有那一位鄉親繳完稅後，會把收據保存近七十年呢？因而我敢於如此說，父親遺留下來的這張收據，極可能是島上碩果僅存的一張。

在這張寬十公分，長二十六公分，用棉紙印刷、卻又多皺的收據上，除了前述外，還有一欄密密麻麻的字。上面是「田農基蕩果征實征借帶征省縣公糧帶募積谷標準」，中間是「一、征實賦額每元折征純淨乾谷參市斗，省縣公糧壹市斗五升。二、征借以田地目為限，賦額每元二市斗五升，賦額不滿四角者免借。三、加辦累進征借亦以田地目為限，賦額在二十元以下者免加累進征借。自二十元零一分起按下列等級分別累進（一）二十元零一分至五十元部份每元加借五市升（二）五十元零一分至一百元部份每元加借一市斗（三）一百元零一分以上部份概加借一市斗五升（四）帶募積谷賦額滿一元零一分者概按每元帶募積谷五市升，賦額在一元以下者免募。」下方的備考欄寫著「一、林墳什三地目暫緩征募。二、折收代金標準—稻谷每市石折收代金。」

從收據裡面的征收記載，與它所使用的字詞，加上對爾時稅制與幣值的懵然無知，的確讓我看得眼花撩亂，遑論是不識字的父親。可是，即便父親沒有受過教育，但卻是一個善良的百姓、勤於耕種的農夫，以及守分、守法、按時繳稅的好國民，從他保存這些單據即可看出。或許，若想進一步瞭解彼時的稅賦制度，必須請學有專精的專家學者來為我們解釋始能明白。然我把這些條文抄錄下來的用意，並非單單為了想讓讀者們知道六十餘年前的稅賦，而是把這張具有歷史意義的收據，呈現出來與讀者們共同分享，讓諸君對爾時的事物多一番瞭解。

縱然，一生務農的父親靠著他的勤奮，把先人遺留下來的幾畝旱田，不辭辛勞地加以墾殖，復種植五穀雜糧把我們兄弟姊妹養大成人。可是，當他過世後由我們兄弟四人辦理繼承，儘管每人分了十餘張土地權狀，但卻受到現實環境的使然，並沒人繼承他農耕的衣缽，也無人學到他耕作的本事。故而當年賴以維生的田地，幾乎全被荒煙蔓草掩沒，竟連它座落的位置也難以辨認。往後如果想復耕，還得請地政單位協助丈量置放界樁，復雇用農機重新鬆土整地，始能恢復當年的原貌。然而，若依目前的情景來看，兄弟們在台北各有一片天，即便我年輕時曾協助父親耕作，對農事尚不陌生，但如今已時不我予，只有望田興嘆的份。除非將來「草埔」變成「狀元地」，才會受到重視，要不，父親遺留下來的這幾畝田地，就如同棄嬰般地在荒山野地嗚咽。而不知何時何日，才能讓荒廢的田地原貌重現，才能讓它再長出青蒼翠綠的新苗？或許，在遙不可及的深邃裡吧！

現下，即使這張民國三十四年四月九日「金門行政公署」核發的「牛籍抄本」，以及民國三十六年三月「金門稅捐征收處」征收「田賦及征借糧食暨帶募三十五年度積谷」的收據，其價值不能與任何一張土地權狀相提並論，可是裡面卻記載著父親的名字，也是父親一生守分、守法的印記。因此對我這個年輕時曾協助他耕種的兒子來說，非僅有不凡的意義，亦存在著一份無可取代的父子親情。故而當我看到它時，就如同看到父親荷犁牽牛、步履蹣跚的身影，不禁悲從心中來，潸然淚下……。

原載二〇一四年八月二十三日《金門日報・浯江副刊》

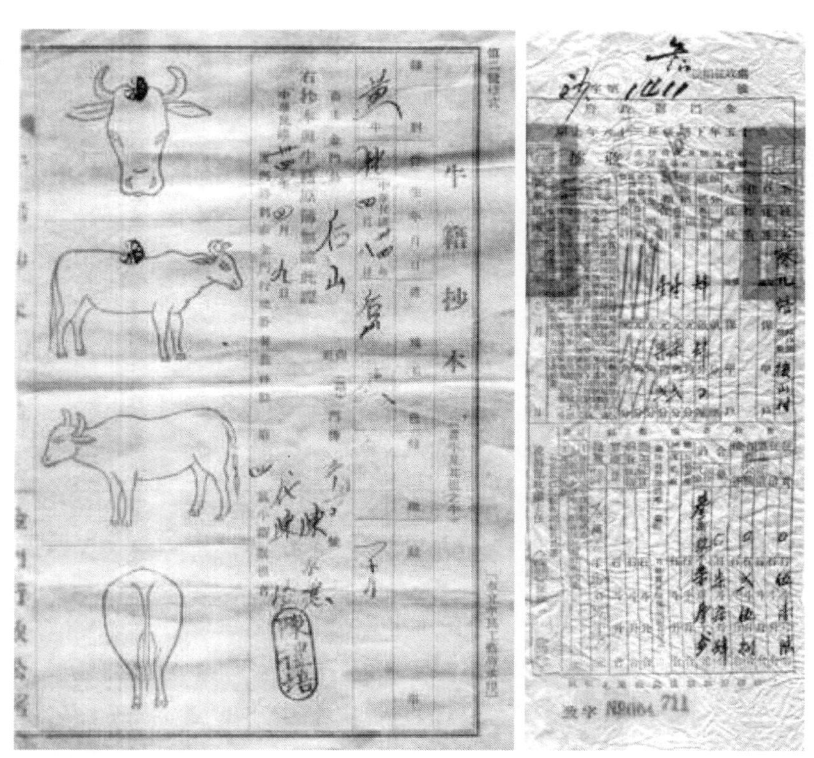

右：民國三十六年「金門稅捐征收處」收據
左：民國三十四年「金門行政公署」核發的「牛籍抄本」

虛實之間的差異

——「軍中樂園」的時代背景及原貌

今年八月中旬，豆導的助理小姐打來電話，告訴我說「軍中樂園」影片已殺青，並決定於八月二十三日在金門金獅影城首映，將為我寄上「貴賓入場券」，邀我去觀賞。

不可否認地，豆導為了籌拍「軍中樂園」這部影片，曾經夥同他的工作團隊，多次蒞臨新市里與我交換意見。即便我對俗稱的第八藝術懵然無知，但我還是誠懇地告訴他們，無論其故事如何地鋪陳，情節如何地推展，我都充分地尊重，唯一的是不能背離史實，而且更應該以嚴肅的態度來看待這段歷史；甚至觀眾想知道的，也是當年軍中樂園裡面的真實情景，而非藉著「軍中樂園」這四個字來譁眾取寵。

豆導聽完我的敘述後不置可否地笑笑，他說他拍的是劇情片，而非紀錄片。因此從他的言談中我能理解，即便是一個藝術素養深厚的著名導演，也必須遷就現實、承受票房的壓力，以致必須縝密地思考作品的題材與表達的方式，如此對整部電影才有實際上的幫助。就誠如他之前所拍攝的「艋舺」，雖然是以八〇年代台北艋舺地區，黑幫兄弟與慘綠少年的愛恨情仇為主題，但艋舺人對其劇情及拍攝的手法卻有一些微辭。甚而當二〇一二年他獲頒第十六屆台北文化獎時，當場遭受萬華區選出來的市議員童仲彥的抗議，而他卻以：「天主歸天主，撒旦歸撒旦」來回應。首映的那天，台北票房即突破八百萬，一星期後全台票房已超過五千萬，並獲得影評人：「狂暴中的詩意；叛逆中的溫柔」的高度評價。

而現下，當我懷著高度期待的心情看完「軍中樂園」這部影片，即使對豆導的才華以及其對電影藝術的執著感到敬佩；演員們也透過他們熟練的演技，把各自的角色扮演得恰如其分。尤其是扮演海龍士官長的陳建斌，更以老練的演技，加上一副滿佈滄桑的臉龐，以及對現實的失望與無助，把一位有家歸不得、卻又冀望能在他鄉成家的老士官的內心世界，發揮得淋漓盡致。畢竟，薑是老的辣，幾乎舉手投足都是戲。豆導在角色的遴選上，的確有他獨到的一面，想不讓人讚歎也難。

但是，當這部影片受到全場數千位觀眾熱烈掌聲的回響時，我們卻又不得不回頭來審視影片中所呈現的時代背景與歷史意義。豆導曾說：「天主歸天主，撒旦歸撒旦」，而此時我必須以：「電影歸電影，歷史歸歷史」來呼應。或許，光憑「軍中樂園」這四個字，它的票房紀錄必能凌駕之前的「艋舺」，甚至日後獲頒「金馬獎」，或是榮獲「奧斯卡金像獎」也不無可能，老朽先予祝福。然而在祝福的同時，卻也惟恐這段歷史受到電影的影響而被扭曲，故此我必須以當年金防部政五組特約茶室業務承辦人的身分，義無反顧地來替它做辯護，並還原部分事實的真相，好讓觀眾朋友能真正瞭解到爾時軍中樂園的情景。即便是老調重談，然我若沉默不語，任由不明就裡的人以訛傳訛，勢必對不起這段歷史，也對不起諸多關懷軍中樂園的朋友們。

坦白說，大部分觀眾想看的絕對是軍中樂園的原始面貌，因為彼時它披著一層神祕的面紗，非軍人是不能入內的（社會部開放時不在此限）。而隨著時代的變遷，隨著它走入歷史，當那層神祕的面紗被揭開時，多數人冀望能藉著這部電影，一窺裡面的真實情景，以滿足他們的好奇心。可是片中所呈現的部分劇情，卻與史實落差太大，不僅讓我感到錯愕，甚而也衝擊到我的情緒，但我還是按捺住內心的激盪，因為我知道，自己正在看電影。所謂「搬戲倥、搬戲肖，看戲戇膦鳥！」不就是這樣嗎？

當電影放映完畢，銀幕上出現大意如下的字幕：「本片部分內容取材自葉祥曦軍中樂園祕史」。看完這幾個字，才讓我領會到，原來豆導是把「鳳山軍中樂園」的虛浮故事，當成六〇年代的「金門軍中樂園」來拍攝，難怪會有那麼大的落差。

不錯，葉祥曦先生這篇〈軍中樂園祕史〉，曾經獲得《中國時報》與「大辣出版社」合辦的「性史二〇〇六」徵文比賽首獎。雖然得了第一名，然而文中部分情節，卻也有值得商榷之處。縱使他是以陸軍第二軍團「鳳山軍中樂園」為背景，但軍中樂園則是軍中獨特的文化，無論任何人都不能刻意地把它扭曲。於是我寫了一篇〈關於軍中樂園〉的文章加以回應，並刊載於二〇〇六年元月五日《中國時報・人間副刊》。其中有一部分就是關於「徵召女犯人充當侍應生」與「侍應生扣著手銬，由士兵押解到美容院洗頭剪髮」的情事。現下我必須摘錄它的片段，來還原這段歷史的真相：

「軍中特約茶室」，係國防部參照內政部所頒佈的「台灣省各縣市公娼管理辦法」的法源設立，並飭令各軍種總司令部，督導所屬遵照辦理。當時各級單位承辦是項業務為：「國防部總政戰部政五處」、

「陸、海、空總部政戰部政五處」、「軍團司令部及金馬外島防衛部政戰部政五組」。

以爾時金門地區駐守十萬大軍為例：金防部在金城設立「特約茶室金城總室」並在庵前、小徑、成功、沙美、山外以及離島的東林、青岐、后宅、大擔等地區設立「分室」。除「庵前分室」接待校級以上軍官外，「金城總室」與「山外分室」亦設有尉級以上軍官部，其他則不分階級，只要具備軍人身分，均可購票娛樂，並由一百六十餘位侍應生，分佈在總室與各分室為十萬大軍服務。

特約茶室侍應生，均透過台北召募站從台灣本島召募而來，除必須達到法定年齡外，並需檢附本人同意書（如係養女，必須由親生父母同意）、身分證、戶籍謄本、軍事保密切結書，由承辦福利業務的政五組，簽會承辦保防業務的政四組，透過各縣市警察局為該生做安全查核，倘若發現有任何不良紀錄者，一律不得來金服務，絕無逼良為娼或向監獄徵召女受刑犯抵銷刑期、充當侍應生之情事。

特約茶室除了提供侍應生一個舒適安全的賺錢環境外，年節發加菜金，生產或流產發給營養補助費，營業收入採七三分帳（侍應生七成，軍方三成），初抵金門時如果有需要，可無息預借安家費一萬元，按月從票款所得分期扣還。每星期一固定休假一天，但必須先接受軍醫單位抹片檢查後始能外出。倘使檢查結果「呈陽性反應」，立即停止營業，並送附設於「尚義醫院」的「性病防治中心」治療，以維護官兵和侍應生身體健康。

但是，我們從葉先生的作品中發現，在同一個年代、同一個法令下，他服務的陸軍第二軍團鳳山特約茶室，卻與其他軍中特約茶室不盡相同。儘管外島和本島在經營上有所差異，但同是執行國防部命令，接受陸總部督導，第二軍團豈能例外？況且，民國五十六年，國軍從大陸撤退來台已十八年，一切均已法制化、制度化。軍中特約茶室的設立和管理均有明文規定，全國各軍種司令部或軍中特約茶室，並無權向監獄「徵召」女犯人充當侍應生、來為三軍將士服務，是否獨獨陸軍第二軍團鳳山特約茶室享有這種特權？民國五十六年，時任國防部長為蔣經國先生，羅友倫先生雖擔任總政戰部主任，但真正握有實權的卻是副主任王昇先生，試問：以經國先生親民愛民、治軍嚴謹之行事風格，以王昇將軍之軍事素養，豈能容許特約茶室徵召女犯人充當侍應生、供三軍將士娛樂？

葉先生說：「樓房的二、三樓，分隔九百個房間，同時容納九百位小姐營業。」它的面積有多大，我們不置可否，但可以肯定的是；「陸軍第二軍團鳳山特約茶室」是全國「第一室」。而這些從台灣各監獄被徵召來充當侍應生的女犯人，還必須扣著手銬，由士兵押著到美容院洗頭剪髮。這些小姐是犯了什麼滔天大罪，竟讓軍方如此地對待她們？試問：在自由民主的國度裡，在被稱為美麗寶島、人間天堂的台灣，難道真會有這種事情的發生？葉先生的說法，的確不可思議。

當此文發表時，主編特別加上一個「回應與挑戰」的小標題，但時隔多年，並無人敢於站出來「挑戰」，可見老朽並非無的放矢，而是「回應」有理。然而即便我提出反駁，並把這篇文章收錄在拙著《金門特約茶室》乙書裡，可是這兩段不符合常情常理的情節，卻偏偏被豆導運用在以民國五十八年為時空背景的金門軍中樂園影片上，讓人有一種錯亂的感覺。

回顧爾時，金防部特約茶室侍應生，均透過台北召募站從台灣本島召募而來，絕無徵召女受刑人充當侍應生為三軍將士服務。當年金門各地從事美容美髮業者少說亦有數十家，又有那一家業者或那一位美髮師，見過士兵押解扣著手銬的侍應生到她們店裡洗頭美髮？金門軍中樂園雖為軍方直營，但從金城總室經理到各分室管理主任，從各單位管理員、售票員、工友到炊事，全都是聘雇人員，並沒有調用現役軍人在裡面服務的情事。甚而侍應生亦具有軍中雇員的身分，如果真是犯了法，依案情的輕重與體制，通知的不是憲兵隊就是警察局，押解她們的也絕對是憲警人員而非一般小兵。豆導根據葉祥曦先生的作品做如此的安排，是否有妥？相信觀眾的眼睛是雪亮的。

平日，侍應生除了公休外，幾乎都忙於接客，且收入又可觀，她們換洗的衣物及枕頭被套，全都委請附近的阿婆或阿嫂按月計酬幫她們洗滌。每天早上趁著營業時間未到，那些受雇的阿婆阿嫂，會利用時間到特約茶室收取侍應生換下來的髒衣服，下午再把洗淨、曬乾的衣物用包袱巾包好送回。片中出現著軍裝的現役軍人小寶，到侍應生房間收取她們褻衣的畫面，更是令人匪夷所思。雖然豆導企圖以不同的面向與誇張手法來凸顯軍中樂園的趣事，可是如此，即使能達到取悅觀眾的效果，讓他們留下深刻的印象，但對一位戍守前線的戰士來說，情何以堪啊！

特約茶室雖訂有嚴格的管理規則，但並沒有背離人性與人道，軍方對她們的照顧更是無微不至。一旦侍應生不小心而懷孕，為了不願替自己增添麻煩和負擔，大部分都會選擇到醫院做人工流產，只要取得證明文件提出申請，特約茶室隨即發給她們五百元營養補助費，並要求她們必須恢復健康後始能營業。如果自願把孩子生下，亦會讓她們選擇在茶室或回台灣待產。妊娠期間，她們亦會斟酌自己的身體變化，以及顧及母體與胎兒健康，只須將實情向管理人員報告，即可停業護胎待產。反觀影片裡，有一位侍應生在接客中突然「落紅」，讓客人驚訝地提著褲子往外跑，原來是該女已懷胎十月即將臨盆。果真在眾姊妹七手八腳的幫忙下，不久孩子即呱呱墜地。

試想，一個懷胎數月頂著大肚子的侍應生，會為了多賺那區區的幾十塊錢，而不顧自己性命的危險去接客嗎？特約茶室基於她們的安全，亦不可能讓一個即將臨盆的侍應生掛牌賣票。況且，那時金門已有醫院，衛生院不僅有婦科名醫梁大夫，更有好幾位學有專精的護理人員在產房負責接生。大部分懷有身孕的當地婦女，為了自身的安全與胎兒的健康，除了會按時到醫院做產前檢查，對自己的產期亦非懵然無知，因此在臨盆前夕，幾乎都會提前幾天到衛生院住院待產，侍應生何嘗不是也如此。豆導片中做如此的鋪陳，縱然能博君一笑，卻也讓人感到突兀，更是特約茶室未曾發生過的情事。

彼時侍應生房間，只在門框的上方寫上紅色的阿拉伯數字，以方便客人對號入房，並未如片中書寫的「第〇號」或安裝「紅燈」做為「接客」的識別。侍應生從事的工作雖然與台灣的妓女沒兩樣，但卻在兩種不同的環境中討生活，故而其營業場所是有差異的。侍應生每當接完客，她們會端出一盆使用過的髒水，隨手倒在房門口的水溝裡，並順口呼喚在門外等候的客人。管理員對她們的內務，也會做最基本的要求，室內除了公家提供的床鋪、衣櫃和梳妝檯，亦為她們準備了床單、枕頭和棉被，即便亦有侍應生個人自備的被套及小型傢俱，但軍方為她們提供了一個整齊舒適的營業場所，則是不爭的事實，並沒有如片中那麼凌亂。

然若依當時的軍紀，海龍士官長老張揹著槍械四處走，又在特約茶室踹門鬧事，非僅不容許，也嚴重違反軍紀。即使有些蛙兵出生入死，深入敵營，為國家立下汗馬功勞；但軍隊有軍法，部隊有軍紀，一旦犯法、違紀，照樣送辦。倘若海龍蛙兵個個都像片中士官長那麼隨便，卻又沒人管得了他們，那軍法組、憲兵隊，以及督導防區監察與軍紀業務的政三組，不都要廢除了嗎？

再者，由阮經天飾演的小寶，左上衣口袋鈕扣上，別的是「五八擎天職員證」（擎天部隊為金防部番號），臂章則是三角框內加T的金東師，如此地張冠李戴，即使能矇過其他觀眾朋友，卻騙不了金門鄉親。

同時，海邊為管制區，假如沒有「蚵民證」或「漁民證」，哨兵豈敢放任一個士兵，帶著侍應生在海灘戲水。甚至某逃兵帶著侍應生私奔，雖然武裝憲兵四處尋找，卻沒發現他們的蹤影，最後則是每人身綁一個籃球，現身在漆黑的海邊，準備游泳到對岸投共。如以當年戒備森嚴的海防班哨而言，休想摸黑私竄軍事禁地，哨兵一旦發現異狀或回答不出口令，即可開槍射殺。況且，籃球又是管制品，設若沒有機關團體出具證明，想取得亦非易事。

綜上以觀，豆導為了突顯戲劇的張力，刻意地做了一些背離史實的加工，即使用心良苦，但如果站在歷史的角度來看待，真是一個荒謬的年代啊！

縱然，電影是戲劇的一環，也是人生的縮影，無論其故事人物或情節，即便在戲劇中有它獨特的表現手法，但卻離不開人生。所謂「人生如戲，戲如人生」，自有它的道理。不可否認地，豆導出道甚早，九歲即進入演藝界，一九八三年更以「小畢的故事」入圍第二十屆金馬獎最佳男配角，而後演而優則導，二〇〇八年以「我在墾丁‧天氣晴」入圍第四十三屆金鐘獎戲劇節目導演獎，二〇一一年以「艋舺」榮獲第十一屆華語電影傳媒大獎最佳導演。他的作品不僅具有深度和廣度，更有自己獨特的風格，除了充分展現他的藝術才華，亦已達到娛樂觀眾的目的。

可是「軍中樂園」這部影片，雖然豆導係以「一個荒謬的年代，阿兵哥被禁錮在一座風光明媚的小島，等待著一場永遠都不會發生的戰爭」為主題，但其時代背景則為六〇年代的金門，涉及的又是一段獨特的軍中樂園文化。即使我尊重他在電影中所欲表達的意象，也深信這部片子必能超越他之前的作品獲得觀眾與方家的肯定；因為「電影歸電影」。然而，身為當年軍中樂園業務承辦人，身為《金門特約茶室》這本書的作者，當這段歷史遭受電影的扭曲而有誤導觀眾之虞時，卻不得不挺身而出為它做辯護，並同時還原它的原始面貌；因為「歷史歸歷史」。

原載二〇一四年九月七—八日《金門日報·浯江副刊》

遺憾與失望

——從「軍中樂園」影片看電影補助

金門縣政府為行銷金門優質形象，鼓勵電影、電視製作業者到金門取景拍攝影片，並藉由影片行銷金門形象，促進文化、觀光產業的發展，曾於民國九十九年訂有「金門縣補助影視業者製作拍攝辦法」。基於這個辦法的施行，近些年來獲得補助的電影與電視劇，少說亦有十幾部，金額在千萬以上。然而，這些受補助的影片，如果係一般的劇情片，它到底能提升多少金門的優質形象？融入多少金門的歷史文化？帶動多少金門觀光產業的發展？的確值得我們深思。

不可否認地，金門原本就是一座純樸的島嶼，它不僅有善良的百姓、淳樸的民風，亦有島鄉獨特的歷史文化，更有兩岸軍事對峙時遺留下來的軍事遺蹟。故此，無論其形象、文化與觀光，早已建立良好的口碑，如果僅靠這幾部無法讓人留下深刻印象，卻又只是取幾個景點來達到補助目的片子，它的效果勢必是有限的。即使這塊土地隨著大環境的變遷，以及受到一些外來因素的使然，難以與爾時的社會形態相比，但「海濱鄒魯」這個稱謂並非浪得虛名，亦非其他地區能與其相媲美的。

設若以今年獲得補助的影片「軍中樂園」而言，即便它在金門取景拍攝，錄用了數十位臨時演員，造成一股軍中樂園旋風，讓商機已失的陽翟街道與金東電影院，以及頹廢的碧山陳清吉洋樓與東半島的海岸和沙灘，在影片上曝了光，也讓海內外觀眾看到金門舊時的情景。然而當拍完片後，即使能留下一些場景，但是否真能行銷本縣形象，促進文化、觀光產業發展？仍有待觀察。

眾所皆知，「軍中樂園」是軍中獨特的文化。回顧那個時時準備反攻大陸的年代，駐軍多數都是隨著國軍撤退來台的外省籍將士。他們不是借住民房就是住在村郊，在反攻大陸回老家不能如願時，其思鄉的情愁不言可喻，加上軍旅生活枯燥乏味，壓抑的性又無處可發洩，當他們長年和島民近距離的接觸時，難免會衍生出一些男女之間的感情糾紛。故而，金門婦女受到性侵與暴力相向的不在少數，以槍械同歸於盡亦有之，對那些受到傷害的無辜婦女來說，真是情何以堪啊！

遙想當年，如果沒有那些來自台灣的侍應生，冒著二十餘小時的海上顛篋，渡海來到這座島嶼，為戍守在金門前線的三軍將士提供性服務、解決他們壓抑的性事，不知還會有多少當地婦女受到傷害。由此可見，軍方在金門設立軍中樂園，並召募百餘位侍應生為十萬大軍提供性服務，對金門社會治安絕對是有所助益的。故而站在金門人的立場，除了要以一顆誠摯之心感謝那些來自台灣的侍應生，更應以嚴肅的態度來面對這段歷史。

可是當我們看完「軍中樂園」這部影片時，這段歷史非但沒有受到應有的尊重，甚至還遭受嚴重的扭曲。縱使大部分鄉親沒有到過軍中樂園，但軍中樂園卻在這座島嶼存在三十餘年之久，與這塊苦難的土地可說息息相關。儘管多數人不能親眼目睹其內部情景與侍應生營業情況，然從側面上也多少知道一些；甚而亦有部分鄉親與軍中樂園比鄰而居，以及那些曾經幫侍應生洗衣帶小孩的阿婆阿嫂們，想必對她們亦有深一層的瞭解。倘若讓她們看到這部影片，而發覺片中的劇情與事實不符時，或許會驚呼：「那時候的軍中樂園，不是這樣的！」

譬如說：金門軍中樂園的侍應生是合法召募而來，並不是徵召女受刑犯來抵銷到期；侍應生也不會被扣著手銬由士兵押解到美容院洗頭燙髮，況且特約茶室所有工作人員都是雇員，並沒有調用現職軍人幫侍應生洗內衣褲的情事；

侍應生也不會即將臨盆時還掛牌賣票接客……等等，這些不實的劇情，已嚴重傷害到這段歷史的真實性與嚴肅性。可是這樣一部扭曲史實卻又誤導觀眾的影片，竟然還能獲得相關單位的補助，讓人匪夷所思。

據瞭解，該補助辦法第四條：「影視業者製作之影片，內容需有足以辨識本縣景點之場景，對於行銷本縣有正面效益且其劇情內容與本縣具有關聯性……。」若以該補助辦法與軍中樂園影片相對照，即使陽翟街景、金東電影院、陳清吉洋樓與海岸沙灘景點鮮明，軍中樂園本身與金門亦有關聯性。可是它既然與金門有關聯性，就必須尊重它的時代背景與歷史淵源，豈能任意地把它扭曲？當初縣政府「影視委員會」諸審查委員在審核該劇本時，可曾發現到這個問題？還是送審的劇本與實際拍攝的影片有出入？

設若以嚴肅的歷史層面而言，即使軍中樂園這部影片介紹了幾個金門景點，對促進觀光產業發展有絕對性的幫助。但是從另一方面來看，當金門軍中樂園這段獨特的文化受到扭曲和傷害時，不知該用什麼來彌補？這或許是官員們在擬訂這個補助辦法時，未曾思考過的問題吧！於此，針對該補助辦法，審議委員會是否能把它分為兩個階段來審核。

其一為「初審」（即資格審），廠商必須檢附第七條所列之相關資料，送審查委員會審核，一旦審查通過，即取得「補助資格」，但取得資格並不代表即可獲得補助，必須經過「複審」。

其二為「複審」（即補助金額審），廠商一旦取得「補助資格」，而當影片拍攝完成後，必須提供剪接過的毛片送影視委員會，由審查委員審核該片是否與初審時的劇本相符；復又拍攝多少金門景點，融入多少金門歷史文化；劇情是否有違背金門善良風俗及背離史實之處；對行銷金門形象，促進文化、觀光產業發展是否有實際上的幫助，然後再決定補助金額。倘若僅憑廠商檢送的資料及劇本，經執行小組初審通過，再提委員會審議後即可獲得補助，似乎有不妥之處。

誠然該辦法的訂定，對提升金門的知名度有其指標性的作用，但若以「軍中樂園」這部影片來說，即使廠商能檢具「影片全片一份，本縣景點側拍花絮影片十份及本縣拍攝景點清單一份」申請結案獲得補助。可是片中被扭曲的歷史文化要如何來彌補？發展觀光產業固然重要，難道金門的歷史文化就不重要？不明就裡的觀眾看過該片後，或許會有一個錯誤的認知：「原來六〇年代的金門軍中樂園是這樣對待侍應生的！」如此扭曲史實誤導觀眾之行逕，是否能行銷金門優質形象與促進文化、觀光產業的發展？雖然辦法中訂有「未通過結案審核之案件，本府得要求限期改善，逾期未修改完成者，撤銷補助」的條文，影視審議委員會雖有權要求廠商改善，但似乎為時已晚，因為該片已正式上映，他們會修改嗎？會重拍嗎？那是不可能的，只有眼睜睜地看著廠商把錢領走，而留給鄉親的又是什麼呢？也許只有遺憾和失望吧！

原載二〇一四年九月二十三日《金門日報・言論廣場》

輯三

風雨飄搖寄詩人

詩人，當你遠行後重回這座島嶼，你卻路過家門而不入，驅車直奔新市里，晤我於街景蕭條的復興路上。我們沒有老友久別重逢時的喜悅，也沒有準備把酒言歡的怡然心境，隱藏在彼此心中的，或許只是那份禁得起歲月考驗的情誼。因此，我們免除了現實人生虛偽的禮儀和俗套。一塊小小的板凳，讓我們坐得自然又安穩；一壺一泡再沖的淡淡茶水，喝在我們口中則猶如甘泉，只因為溶解在裡面的，盡是難以用語言表達的馨香。

此時，新市里熱絡的街景已不再，接踵而來的是它的冷峻和寂靜，雖然商機已失，但卻讓我有更多的時間來思考，以及尋找創作的靈感和題材。如此的時空驟變，對於一位熱衷於文學的老年人來說，是得而非失。因為我曾經在這個浮浮沉沉的現實社會裡，與庸俗的人們一起追逐過金錢，雖然略有收穫，卻讓我的文學之筆因此而生鏽。也同時讓青年時期懷抱的夢想，隨著山外溪潺潺的流水，流向遠方、流向久遠，流向記憶的深遠處，而後停滯在我終身的遺憾裡。幸好，一九九六年的一趟祖國行，當我寫下〈走過天安門廣場〉那首新詩時，始讓我從那片即將荒廢的文學園地裡找回自我，然後重新出發。即使前後已中斷二十餘年，但此時靈感卻像古厝門外那口深深的古井，源源不斷地湧出清泉，讓我置身在往日多采多姿的夢境裡，譜出生命中最值得歌頌的篇章。

不可否認地，每次晤面，我們所談論的並非只局限在文學，幾乎已到了無所不談的地步。向來對老友坦誠的你，竟然談起你近些日子來所發生的一段戀情，而這段感情，竟是道學家口中所謂的婚外情，倘若以目前的社會形態而言，則是稀鬆平常的事。對於你的行為即使不表贊同，卻不得不洗耳聆聽你的敘述，以及想知道你對美的看法和界定。雖然你的談話不能構成一篇完整的小說，但何嘗不是一篇感人的散文。儘管你囑我聽後必須保守秘密，不能對外宣揚，可是卻沒有告訴我不能寫給讀者們看。因此，當這篇文章公諸於世時，倘有失禮的地方，還請老友多包涵。

實際上你也不必過於緊張，人雖非十全十美，但則是感情的動物。對於這件事的原委，你自己也感到相當的訝異和不可思議。若依你的年紀而言，做人家的長輩綽綽有餘，然你們的親密關係，竟然由父女提昇至兄妹而後情人。

或許，感情的衍生和年齡的差距似乎沒有絕對的關聯，時下一些外地來的年輕女子，經過媒介後嫁給足可當她祖父的老男人比比皆是，她們大剌剌地把「阿公」變「老公」，如此並沒有受到社會的排斥，這不就是所謂的老少配嗎？拋開那些無關的話題，你們受到置疑的並非是上述因素，而是你們彼此間都擁有一個幸福美滿的家庭，卻又是兒女成群。儘管社會上形形色色的緋聞不少，為情所困的男男女女也不盡其數，然你們則是文壇備受矚目的詩人，社會對你們的審視必然會有較高的道德標準。一旦事情曝光遭受社會唾棄時，受害的不止是你們兩人，而是兩個家庭和無辜的子女，還有你在老家備受尊崇的老爸。屆時，教他們情何以堪啊！

你說你很欣賞徐志摩說過的一段話：「在茫茫的人海裡，我只追求心靈唯一的伴侶，得之吾幸，失之吾命。」可是他畢竟是大師，有自己的愛情觀和異於一般文人的勇氣，在傳統道德的束縛下，仍然敢於拋妻別子和自己相愛的人步入婚堂。而今，即使你們已躋身在詩人的行列中，彼此都擁有廣大的讀者群，作品也深受文壇肯定，但若與大師相比，則依然是相形見絀，甚至，也沒有大師當年那份勇氣。

儘管初時你們內心所擁有的僅是一份思慕之情，可是經過一段時間的相互瞭解，卻想用它來填補心靈的空虛，並非為了追求感官的享受和性慾的發洩。當你們首次碰觸在一起，彼此手心則有緊張過後的微濕汗水；當你看見她那隨著呼吸而高低起伏的酥胸，你的心卻在悸動、手在顫抖，始終提不起勇氣來輕撫她一下，這多麼像青春年少時那份純純的愛啊！而你年紀已一大把，竟然還老不修，和一個小你二十歲餘歲的詩壇美女，共同來擔綱演出這齣不尋常的戲碼。雖然你們極其低調，保密功夫又到家，可是一旦露出破綻，勢必會在平靜的詩壇上，激起一絲讓人意想不到的漣漪。

我很認同你對美的詮釋。你說她的美，是自然脫俗的美，沒有刻意地修飾和妝扮；細柔烏黑又飄逸的秀髮，是大師筆下深深的墨竹；高挺的鼻樑雪亮的雙眼，是天使的化身；樸素的穿著，更能顯現出高雅的氣質，即使自認沒有傲人的身材，卻有女性的矜持和自信。經過你如此的詮釋，她在你心中的美，簡直比我小說中那些美女有過之而無不及。然而，文中虛構的人物和故事，並不能與實際人生相媲美。顏琪、黃華娟、王蘭芬、黃鶯、楊紅紅和王麗美，她們在陳大哥心目中都有一定的份量。但無論她們多美、多溫柔、多體貼，畢竟只是作者筆下塑造出來的人物，豈能與你心中的美人相提並論。曾經有人認為我與那些人物一定有所牽扯，要不，豈能寫出那麼纏綿悱惻的故事，竟然要我發毒誓。我只好坦誠地告訴他們，如果真有那回事，我願意接受他們加諸在我身上的任何咒語。

從你的言談中，唯一讓我不能苟同的是她竟然要你放棄一切，兩人一起遠走高飛，走到遙遠的地方，飛到天的盡頭，過著僅屬於你們兩人的安逸生活。她願意終身侍候你、養你，甚至為你下海跳火坑也在所不惜。讓你安安心心蹲在家裡專心寫作，寫出驚天動地的篇章，做一個有尊嚴的男人。即使我不是當事人，卻能從你的言談中體會出她愛你的那番心意。去吧，詩人，你就陪她去吧！去到天涯海角，直到地老天荒，做一個靠女人撫養，而自己卻「無三潲路用」的軟腳詩人吧！

誠然，我無權懷疑她對你的誠心真意，也十分佩服她的勇氣。然而，她的想法未免過於單純，把現實人生神化了，別忘了理想與實際往往會有一段很長的差距。試想，一旦你們美夢成真，也是受到社會批判和唾棄的開始。屆時，除了能滿足你們的慾望外，勢必會毀掉兩個原本幸福美滿的家庭。而你們真能幸福嗎，還是會受到良心的譴責，共同背負一個破壞家庭的罪名。你們在詩壇上的盛名，勢必也會隨著潺潺的流水，流向一個污穢不堪又惡臭的溝渠裡，做一個永遠抬不起頭來的萬世臭人。

你清楚，男女間的感情並非只有愛情，若依你的為人和行事風格而言，似乎不該擁有這段看似純情卻又見不得人的戀情。假若雙方能取得共識，為什麼不能把它化成光明正大的友情！記得你經常地勸告朋友說，名聲是一點一滴累積而來的，如果不善加珍惜，勢必會毀於一旦；倘若一意孤行，一定身敗名裂。或許，你所追求的與徐志摩大師一樣，是所謂心靈唯一的伴侶，但這種不能見光的心靈伴侶，必須要格外地慎重，千萬別成千古恨。我深知你們的感情已到了誰也不能割捨誰的地步，做一對背叛家庭的地下戀人已是不能改變的事實，唯一的冀望是你們必須以理智控制住感情，不能對任何無辜的人造成傷害，更要珍惜得來不易的聲名。

不可否認地，這是一個多元而開放的社會，感情公然出軌的已婚男女一大票，隨著小三通到對岸尋花問柳的社會人士一大堆，傳統道德早已淪喪，論情論理，似乎不能對你們過於苛責。或許，當它成為事實時，冀望你們凡事要有分寸，不要因過於招搖或張揚而傷害到家人；為了自己一時的貪念，更不可把痛苦建立在別人的身上，就讓你們做一對相知相惜的心靈伴侶吧！然而，這個心靈伴侶，是文心與詩心的再交集，是相互鼓勵和扶持，而不是讓熾熱的慾火焚身。

今夜受到「聖帕」颱風的影響，室外風雨交加，木棉樹葉發出一陣陣讓人心悸的微響。而在這風聲雨聲交織的夜晚，老哥哥蒼老的心再也聆聽不出它美妙的樂章，心中所感，僅是世道的冷漠和蒼茫。於是，我暫時擱下尚未完成的長篇小說《歹命人生》，為詩人你捎去我的心聲。即使文中責備多於祝福，但這純然是基於我們多年友誼的延伸。人，都喜歡製造假象來掩飾自己醜陋的行為，雖然你的人格有瑕疵，而你的坦誠卻讓我感到興奮。儘管你們交往已有一段時日，惟迄今亦只界限在心靈的交會，並沒有為別人製造太多的困擾，亦未曾達到傷害別人的程度。如果能維持這樣，倒也是美事一樁。因為男女之間長久的相處，難免會衍生出一份微妙的情愫，而這份情愫必須運用上天賦予的智慧，始能把它提昇到一個美麗的新境界，讓人們感受到它的真、它的美，而不是把痛苦加諸於別人身上。

此時，我的心情和多數讀者一樣，想看的是你們在詩壇上大放異彩，想讀的是你們不朽的詩篇。當你們在茫茫的人海裡如願尋找到心靈唯一的伴侶時，你們的所作所為、一言一行，都必須替自己負責。保護彼此的家人不要讓他們受到任何的傷害，更是你們義不容辭的事，希望你們有此共識，始能稱為詩人，始能在這個現實的文壇立足！

原載二〇〇七年八月廿二日《金門日報・浯江副刊》

神經老羅

黃羅秀娥這個名字對多數島民來說或許有點陌生，但若提起金門地區派報業「羅主任」則是無人不知、沒人不曉。一生未曾謀得一官半職的黃羅秀娥，對於「主任」這個頭銜不僅有點自豪卻也洋洋得意。一旦有人喊她「羅主任」，更是心花怒放、喜上眉梢，忘了自己的名字叫「秀娥」。儘管她在派報業扮演著舉足輕重的角色，為人處世亦有其獨到的一面，然而她個性率直、口無遮攔，往往得罪人而不自知，故而有「神經老羅」之暱稱。但是，這個不雅的稱謂，亦非人人可喚之，一旦激怒她，「翻臉」像翻書，原本性情溫厚的「豬母」，馬上變成一隻兇猛的「虎母」，鐵定讓人吃不了兜著走。放眼全金門，除了老朽之外，誰膽敢公然地叫她一聲：「神經老羅」？

神經老羅挾著《中國時報》、《聯合報》、《自由時報》、《蘋果日報》、《工商時報》、《經濟日報》、《國語日報》、《金門日報》……等，金門辦事處或分銷處主任的光環，準備投入第十屆金湖鎮民代表選舉。在她單純的想法裡，送了近二十年的報紙，服務過的鄉親可說難以計數，復加她信奉「一貫道」，平日熱中於道務，其道親道友的力量也不容小覷。同時，在九個代表的席次中，又有兩個婦女保障名額，倘若純以君子之爭，當選的機率是相當高的。除了廟裡的神明以「有心作福莫遲疑，求名清吉正當時，此事必能成會合，財寶自然喜相隨」之聖籤給予加持外，也獲得她遠在天堂的先夫託夢來鼓勵。因此，對於這次選舉，她不僅抱持著樂觀的態度，也充滿著無比的信心。

從正式登記的那一天開始，經過媒體的報導和鄉親口耳相傳，神經老羅極其自然地成為家喻戶曉的人物。然而在選風敗壞的現下，除非有高人一等的招數，否則想當選並不容易。故此，多數人都不看好她，甚至潑冷水的親友遠比鼓勵她參選的人還多，但神經老羅並沒有因此而退卻，想為金湖鄉親服務的心志未曾改變，於是她決定和其他十二位候選人決一高下。無可諱言地，選舉如同兄弟登山各憑本事，在選票尚未開出時，確實是人人有希望，個個沒把握。若想擁有「金湖鎮民代表」這個美麗而耀眼的頭銜，只有各自努力了。

神經老羅選了一張自認為最滿意的彩色照片，委由印刷社幫她設計了一張別緻的名片，「懇請支持，敬請指教」的字句與各報賦予她的「主任」頭銜相輝映。若以世俗的眼光來看，無論國內大小報刊，其各地辦事處或分銷處主任的身分並不比鎮民代表遜色。金門雖是一個蕞爾小島，人口亦不密集，但報章雜誌則是島民與駐軍不可或缺的精神糧食，台灣各大報幾乎都在地區設有分銷處，神經老羅經銷的報紙為數不少，每天穿梭於大街小巷的送報生近十人，每月替她賺取的銀兩亦不在少數。然而她是否真想為民喉舌、替鄉親服務？還是想累積更多的錢財、將來好兌換冥幣上天堂？抑或是神經線沒拴緊、一時想不開？眾人的疑惑似乎改變不了她參選的決心。於是她利用送報之便，順手遞上名片，一方面提昇自己的知名度，另一方面誠摯地懇請鄉親指教和支持。而這個招數是否管用，只有置身於其中的人才知道。

坦白說，鄉鎮代表和縣議員選舉是有明顯差異的。議員候選人幾乎大部分都穿著印有自己姓名的背心四處拜票。相同的名片，不一樣的政見，隨著沙啞的拜託聲，一次又一次地親自登門懇請支持，五顏六色的旗幟也在各自選區的顯眼處迎風飄揚，把選舉的氣氛炒得沸沸騰騰的。相對地，鄉鎮民代表選舉則沒有那麼的熱絡，每位候選人似乎各有各的盤算和不盡相同的競選方式。有些候選人根本沒穿背心、沒印文宣，甚至還選擇性的拜票。在自己的選區裡，碰面不跟選民打招呼的大有人在，遑論要他們來請託。而諷刺的是此類候選人照樣能當選，純樸的鄉親不僅看在眼裡、也笑在心底，對於這種獨特的選舉文化，似乎早已見怪不怪了。

神經老羅穿上印著自己姓名的棗紅色背心，邊送報邊拜票，每天幾乎都有「某某人會支持她，某某人保證幫她拉多少票，某某阿公承諾全家都挺她，某某阿嬤絕對不會跑票」的喜訊向親朋好友們報告，甚至也預估各村里的選情和可得的票數。如以最保守的方式來估算，金湖鎮共有八個里，每個里拿它個七十票並非難事，而八七就有五百六十票，當選已不成問題，神經老羅打從心底偷偷地笑著，她的親朋好友也跟著樂開懷，有一位當鎮民代表的親友，的確是與有榮焉。儘管起初聽來有點疑惑和好笑，然若以神經老羅平日的為人處事與人脈關係，果若真是乾淨選舉、君子之爭，誰也不能低估她的選情，只是不知道她使用的計算器具是時下的「電算機」？還是古代的「如意算盤」？長年「食菜拜佛」的神經老羅，或許她相信的是人性本善，而不是人心的險惡和虛偽。

在鮮少有鎮民代表候選人帶著親友四處拜票的當下，神經老羅卻利用送報之餘，帶著家人和朋友，穿著耀眼的棗紅色背心，挨家挨戶遞送名片懇請支持和指教。不管能產生多大的效果，不管能開拓多少票源，她的的確確已展現出一個候選人應有的風範和誠意，相信部分選民會深受感動的。然而，或許是她起步較晚、鄉親早已有支持的對象，還是她的能力不足、讓鄉親不敢寄予厚望，抑或是她缺乏選舉經驗、不清楚選民真正的需求？當八個里的票箱陸續開出後，三號黃羅秀娥僅獲得一百四十二票，在十三位候選人中，除了敬陪末座外，甚至比某位高票當選人足足少了八百七十八票，落選已是不爭的事實。神經老羅雖然難掩內心的失望，但並沒有怨天尤人，落寞的情緒很快就恢復了平靜。

無論任何選舉，除非同額競選，要不，有人當選就有人落選，這是民主社會自然的現象。神經老羅以一顆坦然之心面對落選的事實，雖然沒有把家人帶出來謝票，則在送報的同時，逢人就道謝，而且還在報上刊登了「銘謝賜票」的啟事，展現出一個落選者的風度。然而，讓她難以釋懷的是在某一個里，她僅獲得寶貴的兩票，則有人告訴她說：「羅主任，我可以對天發誓，我們全家五票都投給妳，妳沒有當選實在很可惜。好好加油，下屆再來，我們全家依然會支持妳！」類似這種虛偽的假象，神經老羅的心在滴血，她自信一生以誠待人，卻在這次選舉中，看到許多虛偽的面目。原來，人性也有醜陋的一面，神經老羅領悟到一個比當選鎮民代表還可貴的真理。

神經老羅的落選，對於「羅主任」的顏面來說似乎不怎麼光彩。但是，在這一百四十二票中，卻融合著無限的親情和誠摯的友情，而且每一票都禁得起自我良心與老天爺的檢驗。回想十幾年前，她的先生黃璉章（綽號叫「兩光」）在世時，亦曾投入金湖鎮民代表選舉，他一位「過去」的老長官曾拍胸脯保證，光某某里的票就足夠讓他當選，要他先擺幾桌酒席請請客。然而想不到黃璉章真是不折不扣的「兩光」，除了「遵照辦理」外，該里則僅得到「吐血」的七票。儘管十幾年後神經老羅想完成其先夫為鄉親服務的心願，參與金湖鎮民代表選舉，然她非僅沒有像黃璉章那麼「兩光」，反而顯得更「精光」，並沒有以身試法去呼應時下的選風，而是一步一腳印去爭取選民的認同。縱使某些人對她的承諾因現實環境的使然而失信，但她卻打了一場漂漂亮亮、乾乾淨淨的選戰。即便僅得到距離當選尚遠的一百四十二票，三萬元保證金也鐵定遭到沒收，但誰敢說不是雖敗猶榮呢？

有人鼓勵神經老羅好好努力，四年後東山再起，有人則要她認清這個社會、死了心。倘若扣除被沒收的保證金，實際上神經老羅這次選舉僅花掉三萬二千七百五十元（印名片一萬四千張，二萬六千元；訂製背心十五件，六千七百五十元）。然而，錢對神經老羅來說一點也不成問題，據說她足下蹬的那雙看來「槌槌」的皮鞋，就值新台幣兩萬五千元。倘使如她所言，穿那雙皮鞋能促進血液循環、活化細胞、排除疲勞、恢復體力……等等，神經老羅成為百歲人瑞已是指日可待。俗語說：「生死由命，富貴在天」，壽命有時也由不得人們自己來掌控，或許有錢人較「驚死」，冀望「羅富婆」不要成為「羅大頭」。

選舉結束了，雖然神經老羅沒選上鎮民代表，但她依然扮演著雙重角色，以「羅主任」之尊兼送報生，以「羅姐」身分四處拜佛講道。諸君千萬不可低估她的智慧，或許她正在累積能量、廣結善緣，準備兩年後選「立委」，五年後選「縣長」，小小的「鎮民代表」又算得了什麼！

但願神經老羅看完這篇文章後，不要「豬母」變「虎母」才好……。

原載二〇一〇年七月五日《金門日報・浯江副刊》

冬陽暖暖寄詩人

忠彬：一波又一波的寒流過後，冬陽終於露出悅人的笑臉，一抹燦爛的金光隨即映照在浯鄉這片純淨的土地上。儘管它沒有春天的柔美，亦無夏日的耀眼，更不如秋陽的和煦。然而，對於這座島嶼的萬物和生靈，則有不一樣的感受，只因為不久之後，當歲月的巨輪輾過時序的大寒，春的腳步就在不遠處。屆時，門外木棉的枝幹上將披上一襲翠綠的薄紗，復經春風的吹拂、春雨的滋潤，含苞的蓓蕾終會綻放出嫣紅的花朵。果真有這麼一天，我將放下所有的俗事和雜務，迎你於木棉花盛開的新市里，同為這條冷清的街道，高聲地唸上一段，你筆下〈木棉〉的詩篇：

也曾見過華麗的朱紅
越高處攀去　陽光愈嚐可口

鐘向時間的泥壤裡鑽去
孤獨就讓它慢慢磨成尖尖的春光吧
……

謝謝你寄來新著《岩島飛翔記事》。從扉頁裡的簽名題字另加書套，我能感受到你的用心和誠意，只是「感謝文學路上您的啟迪」這句話讓我受之有愧，因為楊忠彬的名字及其詩作早已讓我留下深刻的印象。而儘管如此，烙印在我記憶深處的卻是你的短篇小說。記得那年，我受邀擔任「浯島文學獎」小說組複審評審委員，經過初審進入複審的作品，幾乎篇篇都稱得上是水準之作。而你參賽的作品〈永遠的后垵厝〉，除了有完整的故事與嚴謹的結構外，其遣詞用字更有獨到之處，於是它獲得全體評審委員的肯定，榮獲該屆小說組首獎。我在評語欄裡寫下：「許多精采卻又感人的短篇小說，都是源自真實生活的寫照。〈永遠的后垵厝〉文中詞藻優美，文句練達，段落分明，結構嚴謹，情韻含蓄動人，蘊含著濃厚的鄉土色彩，為不可多得的短篇佳作……。」

可是，即便你獲得「浯島文學獎」小說組的獎項，但並沒有在這個區塊加以深耕，你熱衷的依舊是新詩創作，小說和散文彷彿只是你寫詩之餘的副產品。我們可從你發表在《葡萄園詩刊》、《金門日報．浯江副刊》、《人間福報．副刊》、《馬祖日報．鄉土文學副刊》以及收錄在金門縣文化局出版的《金門新詩選集》、《金門縣作家選集新詩卷》與台北秀威資訊科技公司發行的《岩島飛翔記事》等書中諸多篇章得到印證。或許，幾十首新詩、一本百餘頁詩集，對創作經驗豐富的前輩詩人來說，是垂手可得的事。但是，對一位年輕詩人而言，想寫幾首好詩、想出版一本詩集，談何容易啊！而你的詩作，倘若內容空泛意象不明、卻又只是一堆文字與文字的堆疊，焉能通過文化局諸委員嚴格的審核、復予以贊助出版？又何能獲得台北教育大學語創所顏國明主任、張春榮教授，與亞洲大學外文系王安琪教授等人的序言和評介？這份得來不易的殊榮並非僥倖，而是你多年來努力不懈的成果，除了為有志於文學創作的青年學子立下典範外，亦可作為你往後邁向文壇的指標。

然而，讓我百思不解的是，為了文學、為了創作、為了能在文壇擁有一席之地，你竟毅然決然地從任教的學校辦理留職停薪，並同時考入台大外文系進修學士班與台北教育大學語文與創作研究所深造，你明快的決擇讓我感到訝異和不可思議。在我的想法裡，你已擁有教育學士學位，理應不該再進入台大外文系進修學士班。然若從另一個角度來看，或許你心折的是台大外文系出了許多著名的詩人和作家，冀望能從老師講授的西洋文學課程裡，獲取更多、更廣的文學知識；復以出身台大外文系、卻已是知名詩人或作家的學姊學長們作榜樣，以便理論與實務相聯結，讓中西文學相得益彰，為爾後的創作奠定更紮實的根基。你對文學的熱愛和執著，以及不屈不撓的求知精神，的確讓人讚歎。

詩人，請恕我直言，你生長在一個不必為生活奔波的幸福年代，當你投入文學這條不歸路時，必須把握住當下的每一個時光，以你不朽的文筆來記錄這座島嶼的文化史蹟。即使你出生時戰火已遠離這塊土地，未曾受過它的洗禮，但浯鄉岸邊的雷區和鐵絲網，古厝牆壁上的累累彈痕，在烽煙下犧牲的親朋好友，都可透過長輩的口述融入你的詩篇。誠然，國共軍事對峙已和緩，小三通開航已十年，兩岸人民來往更是絡繹不絕，現下似乎不該再挑起這條敏感的神經線。但是，我們不知要用什麼方式，始能撫平島民心中的傷痛？或許，你沒有歷經戰爭，不知戰爭的悲慘和恐怖，但令尊和令堂卻是這段歷史的見證者。儘管文學領域有無限的寬廣，但島鄉的歷史文化卻是上乘的創作題材，正等待著學有專精的有心人士來發掘、來書寫，而你恰是它最好的執筆者。

此刻，我以虔誠之心重讀你《岩島飛翔記事》，即便我不懂得新詩創作理論，但站在一個讀者和欣賞者的立場則可清楚地看到，你的詩風已隨著年歲的增長、閱歷的增廣、觀察的細緻，不斷地作某種程度的修正和改變。因此，作品的深度和廣度正與日俱增，前後時期的鋪敘方式亦有明顯的差異。縱使書中的五十八首詩作都是你近十年來的作品，但屬於你個人風格的詩風已然誕生；甚至已突破自已、超越自我，正以一顆謙和悲憫之心向文學高峰處邁進。詩人，並非我刻意地稱讚你，若以你的才華、學識和勤奮，復加對浯島歷史的深入和瞭解，相信你構想中的千行史詩已在腦裡孕育成型，不久必可書寫成章。但願你能寫出一部氣勢磅礡、震古鑠今的作品來回饋這片土地。我們衷心地期待這一天的到來。

末了，讓我們同為這塊土地的子民祝福……。

原載二〇一一年三月《金門文藝》第四十一期

附錄　旅夜書懷寄山外

楊忠彬

長慶先生鈞鑒：

窗外雨聲猶正淅瀝，在異鄉的夜裡捧讀來信，重溫寄自浯島的冬日陽光，別有一番動人的滋味。您於信中曾述，不久之後，來年山外的木棉又將花開。然而對我來說，每到木棉花開的時節，無論信步在山外的復興路，或者遊走於台北的羅斯福路，眼前的街景莫不是故鄉的容顏。也許將有那麼一天，您與我皆能放下俗務，同為新市里的木棉朗誦詩篇，走入詩行的如歌回憶，回顧島嶼的滄桑歲月，讓迴盪復興路的詩歌，成為眾文友茶餘飯後的美談；或許也能有那麼一天，您與我徐徐漫步於羅斯福路，沿著如燈籠般高懸綻放的滿街朱紅前行，請允許我帶您行經多次駐足的金門街口，沿途叨絮我這些年來旅居迷城台北的過往時光。

感謝您來信中的抬愛與期勉，回想拙著《岩島飛翔記事》出版再三蹉跎，若非去年承蒙金門縣文化局厚愛補助，恐怕此時內心仍舊搖擺不定，遲遲無法下定出版決心。取書在手，想起當時出版詩集的點點滴滴，心情猶如洗三溫暖那般冷熱交替：初時興奮自得；復次惶恐自問；最後感恩自勉。轉身踱步至陽台，望著窗外冷冷冬雨，想起自金門高中畢業後負笈來台求學、工作多年，不知不覺已年過卅二。回顧這十年種種，最後竟發現得之於故鄉太多，而付出自己身太少，若問我今日有何成就，或對故鄉有何貢獻，竟汗涔涔地只得出慚愧二字。

然而命運卻狠狠對我開著玩笑，當年返鄉服役兩年，竟絕了我今日歸鄉服務的念想，前塵種種，不堪回首，如今自然也無須再多提；慶幸的是，回鄉那兩年我開始在《金門日報》發表作品，也因此陸續結識了多位金門文壇的前輩。若非諸位長者多次厚愛刊稿，以及不吝給予諄諄期勉，又怎得今日您所謂的那份「得來不易的殊榮」呢？回首前塵，輕輕頷首。若問日後我對浯鄉能做出什麼貢獻，大抵也只能在島鄉文學的領域中繼往開來，為家族篳路藍縷的囊昔傳誦一篇千行史詩，為長輩砲火餘生的命運撰寫一部長篇小說。

兩年的學術訓練，以及過去四年多來的外國文學陶冶，或許早已為這般的使命埋下伏筆，但我也必須向您坦言，倘若我的文學生涯仍舊落入眼高手低的窠臼，其實也是不無可能。自古文人相輕，更有士大夫心理積習已深，學術貢獻凌駕創作成就之上，目前仍然深植人心；亦有學界前輩殷鑑不遠，理論嫻熟，研究精闢，但漸被學術生活折磨得靈感枯竭；或也見過幾位寫作、研究同儕，滿嘴創作經，然始終未見其詩文問世。鑑人之時，亦也鑑己，處柴米油鹽的生活之中，居繁華喧囂的巷路之畔，古今又有幾人耐得住寂寞，願意孜孜不倦地筆耕著作？

回顧這幾年所學，彷彿又於眼前攤開中西文學的浩瀚長卷，一代又一代的人類生活與心靈世界於焉展現。我曾讚嘆過人類歷史的興衰，我曾感懷著人類思想的轉變，無論技巧、理論如何遞嬗流變，終究文學所環繞的核心依舊是人類的生活與心靈。即便得過文學獎的光環再耀眼奪目，終究讀者還是會去殷殷探問，終究寫者還是必須捫心自問：究竟我們眼前所關注的，以及筆下想描述的，會是什麼樣的世界？也許在後現代理論的詮釋觀點中，我們所追尋的真理，最後都可能被解讀為蒼白凌亂的符碼。但我們不正是為了留下自身心靈的紀錄，為了撰寫當下關注的生命或議題，才在這繁華的喧囂中忍受著寂寥，孜孜不倦地寫作？而這般的理想，若欲付諸實現，也惟有傻傻地堅持與實踐，才能將內心的景象聲響轉化成動人的文字篇章。

窗外的雨聲暫歇，我望著樓下冷清的巷弄，想像著過去數千個晨昏，華髮已生的您坐在長春書店中，反芻屬於您那個時代的美麗與哀愁，構思許多浯島人物的悲歌喜樂，腳踏實地的寫出數百萬字的小說作品。我回想著與您討論文學的點點滴滴，彷彿再次踏入堆放報刊的店門，右側是整排的文學書籍，左側擺放著雜貨文具，甚至還有小朋友上課所需的指南針、童軍繩。向前幾步，在那窄小走道旁的收銀台前置放著書案，山外人潮熙熙攘攘，書店顧客來來往往，我總是難以想像，如何在這樣的環境中，逐字逐句完成著作等身的傳奇啊！

其實只是寫啊！傻傻地寫啊！人生苦短，要懂得孜孜不倦地寫作，只因數十年的光陰眨眼即過。與其獲獎自得，著作從此絕響；不如自始便腳踏實地、堅持不輟地筆耕。我能明白這樣的道理，正是多虧您的提點，有幸體悟這種對於寫作的執著與態度，用以「啟迪」兩字來描述，應是妥當。（而您必然也是知道，詩人用字遣詞常是吹毛求疵，所以這裡我們也就不再爭論了。）。

如果能有那麼一天，您與我漫步於台北街頭，那麼我們該如何訴說對於文學的熱愛，或者寂寞？我們或可在溫羅町找間咖啡店或小茶館坐坐（比起星巴克您應該比較想去紫藤廬），到書店逛逛想必也是您感興趣的行程（比起金石堂我比較想帶您去青康藏書房）。然而在尋書飲茗之際，我們心中對於文學的千言萬語，到了嘴邊，可能最後又變為互道珍重或勉勵期許，因為我們已然明瞭：無論一個文學創作者有再多的觀感體悟，若是無法將其化為文字、訴諸作品，終究只是鏡花水月的空談罷了。正因如此，我們必須殷殷叮嚀彼此保重身體，更要將心中的想法付諸行動，為故鄉留下更多珍貴的著作。

木棉花開，木棉花落，歲月交替令人神傷，後進接棒令我神往。我想像著往後無數個接續的浯鄉晨昏，當溫暖和煦的陽光穿窗而入，在許多窗畔的書案之前，仍有信念堅定、表情肅穆的浯島作家猶正振筆疾書，或者敲打鍵盤。當一代又一代的我們願意忍受孤寂，孜孜不倦地寫作時，一代又一代屬於我們金門文學的篇章於焉傳承。

信末，謹讓我再次感謝故鄉金門的孕育之恩，並祝福您與所有的浯島同胞身體健康　新年快樂

原載二〇一一年三月《金門文藝》第四十一期

本文作者楊忠彬先生，著有《岩島飛翔記事》等書，現任教於新北市秀朗國小。

寫給來不及長大的外孫

言承，今天雖然仍是時序的小雪，但門外則是風和日麗、陽光普照，一點也沒有寒冬的意味，想必台北也是如此吧。然而，即便有如此的好天氣，但俗話卻說「天有不測風雲，人有旦夕禍福」，古人亦說：「人生無常，為歡幾何？」又說：「百年如流矢，生命若曇花」等語。除了比喻有些災禍的發生，是事先無法預料的，也同時形容生命的短暫。儘管襁褓中的你，不能領會這幾句話的意涵，但塵世凡間，確乎有許許多多事是如此的。

你與孿生弟弟同是剖腹生產的早產兒，在母體裡僅只二十六週又五天，出生時你的體重是八百三十五公克，弟弟亦只有一千零五十公克。由於你們的器官尚未成熟，對於子宮外的環境無法適應與抵抗，會有呼吸困難，熱量喪失與體溫失調，以及肺呼吸窘迫症候，與細菌感染及攝食困難等情形。故而，兄弟倆都必須屈曲在保溫箱裡，仰賴先進的儀器來輔助，以維持生命機能的運轉。

因此，你們從出生的那一刻起，小小的臉上就載著氧氣罩，銳利的針頭插進你們細小的血管裡，透明的小膠管環繞著你們赤裸的身軀，手臂盡是針孔的痕跡……。剛來到人間尚未長大，更未曾體會到人生中的酸甜苦辣，就必須先承受如此的折磨。看在你們父母眼裡，心就如同刀割般地難受和不捨！

若依「台灣早產兒基金會」的統計資料顯示，體重低於一千公克以下的早產兒，其存活率只有百分之五十。但是你們的父母並沒有放棄希望，無論花費多少心血和金錢，也要讓你們早日康復平安地成長。他們一個在外商公司上班，賺取微薄的薪津維持家計，一個必須留職停薪在家照顧你們的哥哥和家務，兩人又要輪流到醫院探視你們，可說為了你們兄弟的誕生而疲於奔命。每每看到你們在保溫箱裡，屈曲著瘦弱的身軀痛苦地掙扎時，或許，痛的是你們的肉體，卻是他們的兩顆心。在愛莫能助的使然下，只好把你們的命運和希望寄託於上天與醫護人員，要不，又能奈何？天下父母心啊，但願你們長大成人後，能體會他們的苦心。

無情的時光快速地流轉，它只能帶給外公蒼老，並沒有帶給你們兄弟快快地成長。四個多月來，在滴管餵食下，即使你的體重已增加到千餘公克，弟弟亦有二千餘公克，但是你的健康狀況並沒有弟弟來得好。除了動過心臟手術外，心臟瓣膜亦多次受到黴菌的感染。儘管醫師以高劑量的抗生素為你治療，可是仍舊無法把你體內的黴菌消滅殆盡，反而影響到你的肝腎與造血功能。因此，你弱小的身體更加地衰弱，每天屈曲在保溫箱裡與病魔搏鬥。反觀你的弟弟則比你幸運多了，他除了接受疝氣手術外，身體狀況亦日漸好轉，在保溫箱度過百餘天苦難的人生歲月後，終於順利地出院，並在你父母細心的照顧下逐漸地成長。然而，不幸的事則依舊發生在你身上，你因再次地遭受金黃葡萄球菌的感染，高劑量抗生素已不能在你體內產生殺菌作用，亦不能再以滴管餵食，僅靠著插管和點滴來維持你微弱的生命。即使醫師試圖從你的鼠蹊處置入中央導管，以方便輸液給藥與營養補給。可是你的血小板卻偏低，凝血又不全，不僅發揮不了作用，甚至血管還不斷地滲血。雖然醫師使用繃帶緊緊地綁住你的滲血處，仍然無法止住從血管裡滲出來的血液，故而幾乎時時刻刻，都在與死神作殊死戰。

你們出生時，父母替你取名為言承，弟弟名為言安，不僅要你們懂得承先啟後這個道理，更冀望你們能平平安安地成長；而當年幫你們大哥取名為言恩，是否要他懂得感恩惜福與恩威並用呢？雖然名字只是方便稱呼，並不具任何意義，但卻能看出他們的用心。然而你母親竟也在同時，徵求你父親與你們廖家長輩的同意，讓你的弟弟從母性，跟著她姓陳。往後一旦外公與世長辭，好讓他來延續陳家的香煙。即便外公尚未達到孟子所說的「不孝有三，無後為大」的地步，但你們兄弟卻只有阿姨而沒有舅舅。依照傳統的習俗，祖龕裡列祖列宗的香煙，必須由男丁來延續、來傳承。將來外公的神主牌位，亦將由繼承孫陳言安來奉祀。你母親設想之週到，的確讓外公感動涕零。

儘管你與父母有密不可分的血緣關係，可是他們的身影在你幼小的心靈裡則是空白的，只因為你來不及長大就與他們分離。現下外公必須告訴你，你母親雖然誕生在一塊歷經戰火蹂躪過的土地上，但從她出生後，砲火即已遠離，居民也同時過著一段清平的美好時光。於是她隨著家人居住於新市里，並在金湖中小學與金門高職商科受教育。即使功課成績不是頂尖，然在國中就讀時期，蒙受其導師林麗寬老師的諄諄教誨，無論代表班上參加「朗讀」、「演講」、「注音」、「剪紙」或「愛國歌曲獨唱」……等比賽，都有亮眼的成績，並榮獲多張獎狀與多面獎牌的鼓勵。

可是，國中畢業參加高中職聯招時，她卻選擇以高職商科為第一志願。在她的想法裡，一旦學成而擁有商業方面的知識，將來或許較易謀職。回顧爾時的高職，其商科和電子科都是相當地熱門的學科，錄取分數甚至不亞於高中。

當她如願地進入高職商科就讀後，卻在一個偶然的機會裡，被陳嘯虎老師網羅，參與課餘後的舉重訓練。那時正是高職舉重隊的巔峰時期，不僅經常代表金門參加全國比賽，甚而亦有多人獲得獎項，可說為金門爭取不少榮譽。但是舉重這種運動絕非是「輕而易舉」，其訓練過程之辛苦，並非局外人所能瞭解和領會。即便她是從最基本的量級練起，但既要練抓舉又要練挺舉，雙手起初是起泡、後是長繭，每每回到家裡已是疲累不堪，且又要溫書做功課，看在家人眼裡，委實有點不捨。

經過長年不斷地努力與鍛練，畢竟皇天不負苦心人，她終於嚐到收穫的甜蜜果實。除了榮獲一九九二年全國中等學校暨青年盃舉重錦標賽高女組亞軍，又獲得同年台灣省中正盃舉重錦標賽社女組季軍，翌年則當選金門地區體育成績優良學生。如此之種種殊榮，讓她取得大專院校體育科系保送甄試的資格。然而保送甄試並非免試，在規定的學科筆試上，依舊要達到教育部訂定的標準，並依成績分發到體專或各大學體育系就讀。原以為若能進入體專，已是蒙受上天眷顧的幸運兒，想不到在僅有兩個保送甄試名額的輔仁大學體育系，竟讓她捷足先登。多年的辛苦總算沒有白費，簡直讓師長與家人興奮不已。但這絕非僥倖，而是她不斷努力得來的成果。若依彼時大學聯考的錄取率，一個高職生想擠進大學之門，並非是一件容易的事。

就讀輔仁大學期間，除了必修和選修的課程外，她已不再練舉重，甚至重新規劃自己的未來。因為她發覺，無論多麼優秀的運動員，勢必都會受到體力和年齡的限制。於是她順利地考取他們學校教育學程學分班，並以幼教科目為選項，畢業後將投入幼教工作。並願以一顆赤誠之心，把自己的青春歲月，無怨無悔地奉獻給那群天真可愛的孩童們。果真畢業後不久，隨即考取台北兒童福利中心附設托兒所，擔任幼教老師的工作。該中心隸屬於「大陸災胞救濟總會」，設有好幾個幼教部門，光是托兒所就有三十幾班，每年招收幼生數百人，其規模之大、人數之多，遠遠超過一般學校附設的幼稚園或托兒所。雖然待遇和福利不如公立學校，可是她卻甘之如飴。

所謂「男大當婚，女大當嫁」，這句流傳數百年的俗語，必有它的義理存在。她既有固定的工作，亦達到適婚年齡，又有一位交往多年的男朋友，他就是你的父親。那年，當你的祖父母菈金提親時，外公外婆似乎沒有不答應的理由。因為你的父母除了是大學同班同學外，並歷經多年的交往和相互瞭解，即便不能以庸俗的語詞說是郎才女貌或門當戶對。但你的父親中規中矩、挺拔帥氣，又是一位優秀的橄欖球健將，曾經多次獲選代表桃園縣參加台灣省區運，如此之乘龍快婿，還有什麼可挑剔的。尤其兩人交往期間，始終以誠相待，也因此而孕育出一份禁得起歲月考驗的情感。在這個變化多端的現實社會，的確備感珍貴。更何況你父母分別來自不同的城鄉，一個是歷經砲火洗禮的戰地女兒，一個是出生於大台北都會的青年，能夠結成連理枝，何嘗不是一種緣分呢？相信他倆都會珍惜這段情緣的。

果真不久，在雙方親友的祝福下，兩人攜手步入婚堂，共譜幸福人生的樂章。儘管他們的新房是租屋，又沒有華麗的裝潢和布置，更沒有高級的傢俱和被褥，顯得既寒酸又簡陋，甚至某位長輩出於關心而有些微言，但絲毫沒有影響到他們新婚時的怡悅心情，只因房內有他們小倆口的濃情蜜意，以及不渝的深情。故而，簡陋依然能取代華麗，寒酸仍舊能成為富有，端看各人對價值觀的認定。婚後，為了家計著想，你父親從原先的水電業轉往日商公司上班，你母親則仍然從事幼教工作。在兩人同心協力、勤勞儉樸下，幾年後，終於有了一幢屬於自己的住屋。尤其在這個人口密集、以及房價居高不下的都會區，能憑藉自己的實力購屋，誠屬不易。雖然必須承受房貸的壓力，但兩人每月均有固定的收入，只要勤儉持家、量入為出，總有一天勢必會還得一乾二淨。當他們歡歡喜喜喬遷新居後不久，你哥哥言恩也跟著降生了，小小的屋宇，更洋溢著無窮的幸福和馨香。

於是在擁有房子又有兒子的情境下，你父母更是眉開眼笑，興奮的心情不言可喻。然而言恩的誕生，即便會增加他們肩上的負擔，但何嘗不是他們人生歲月中，最甜蜜的負荷呢？相信小生命的來臨，必能為這個可愛的家庭，帶來無與倫比的歡樂氣息。而幸福的時光彷彿過得特別快，相隔三年後，你母親又有了身孕，想不到懷的竟是雙胞胎，而且都是男丁。當諸至親好友得知這個喜訊後，莫不高興萬分，以及獻上最誠摯的祝福。

今年農曆六月十六日是你四阿姨結婚的大喜之日，外公提前一天搭乘立榮航空公司末班飛機來到台北，你父母與哥哥同來松山機場接我，並駕車送我到板橋你四阿姨住處，準備翌日參加她的婚禮。那時，雖然你們尚在你母親的子宮裡，對外面的世界懵然無知，但不知是否想一起分享你四阿姨的喜事？還是迫不及待地想看看台灣這個紛紛擾擾的社會？抑或是另有他故？竟那麼不乖地在你們母親的體內蹦蹦跳跳，致使她的羊水在驟然間破裂。

依據醫學上的說法，所謂的羊水，它是包在胎膜裡的無色透明液體，在整個妊娠期間，能讓胎兒在母親的子宮裡活動自如，以免受到外力的擠壓，並能緩解外力的碰撞，故而對胎兒有良好的保護作用。但是你們僅只在母體裡待了二十六週又五天，尚未達到自然分娩的地步，經過婦產科醫師的評估，必須立即為你母親剖腹生產，以免橫生枝節，增加母體的風險與危及到你們的生命。雖然她須承受心靈與肉體的雙重苦難，但能讓你們兄弟平安地降臨人間，則是一個母親衷心的冀望；撫養你們兄弟長大成人，更是為人母者義無反顧的職責。無論歷經多少艱辛苦楚，她終將以一顆虔誠而熾熱的慈母心，心甘情願來承受上天加諸於她肉體的任何苦痛。倘若真是母子連心，或許，你們必能感受到她此時的心境。

一百多天來，你的父母可說竭盡心力，為你們兄弟的健康而奔波，唯一希望的是你們能平平安安地度過每一道難關。雖然你的弟弟言安做到了，可是身為哥哥的你，不僅令他們失望，更讓他們傷心，你終因敗血症與多重器官衰竭而陷入昏迷。即使醫師為你打了強心劑，依然不能讓你微弱的心跳恢復正常，甚至有愈來愈惡化的徵狀。當醫師束手無策不能挽回你的生命時，他們不得不使出最後的招數，詢問你父母是否要施以電擊。然而為了不讓你在人間承受更大的苦痛，他們眼眶噙滿著淚水，選擇讓你從容地離開。況且，一個僅四個月大、體重亦只有一千六百餘公克的早產兒，又何能禁得起電擊的折磨。

於是，護士阿姨從保溫箱輕輕地把你抱起，小心翼翼地交給你母親，讓你小小的身體，偎依在母親溫馨的懷抱裡，再重溫一會兒、此生無可取代的母子親情……。

霎時，你微閉的雙眼已緊閉，微弱的心跳亦已停止，安詳地躺在你母親散發著慈愛光輝的懷抱裡。於是一個來不及長大的小生命，就這樣被惡魔帶離人間，這是多麼地殘忍啊！從此之後，天人永隔，留給你父母的是一滴滴悲傷的淚水，留給親人的是無限的哀悼與思念。但願你脫離人間苦海抵達天堂後，能成為一個天真活潑又快樂的小天使，逍遙自在地在西天的極樂世界裡遨遊。即使外公今生今世無緣和你長相聚，冀望來生和你再續祖孫緣……。

原載二〇一一年十二月二十一日《金門日報・浯江副刊》

輯四

當生命中的紅燈亮起

今年初春，我的手掌出現了好幾處「脫皮」的症狀，因為它既不痛又不癢，就懶得上醫院求診，但卻經常伸手讓朋友看看，試圖想就近從他們口中尋找「良方」。經過諸君的「診斷」，有人說是「癬」，有人說是「富貴手」。然在這兩種症狀中，我較相信的是「癬」，因為我一生「歹命」，上天豈會賜予我一雙「富貴手」？不久，腿部也出現了好幾處紅色的斑痕，像地圖般地烙印在我的肌膚上，而且有愈來愈嚴重的跡象，於是不得不求診於署醫皮膚科。雖然擦拭過「佳膚」與「皚膚美得」乳膏，但似乎沒有太大的療效。自己不免胡思亂想，或許是年紀大了，抵抗力減弱、免疫力變差了，才會有如此的症狀。只要不是無藥可治的絕症就好，管它是「癬」還是「富貴手」抑或是「好命跤」，反正死不了就是。因此，我並不十分的在意。

在一次閒談中，朋友向我推薦鎮上某診所，在診治皮膚方面有獨到的醫術和藥方，甚至願意陪我前往就診。我毫不猶豫地一口答應，而且說走就走。年輕的醫師待人親切，在詢問我的病況後，即以他專業的慧眼，看看我的手，瞧瞧我的腿，而後說我的症狀是長久站立、睡眠不足，加上血液循環不良所引起。除了給我五小瓶粉紅色塑膠瓶裝的乳膏讓我塗抹外，並再三地叮嚀我睡眠必須充足，不能長久站立，同時建議我到醫院抽血檢查。

對於醫師的診斷以及給我的藥物，倘若真能藥到病除，我是非常感激的。可是屈指一算，前後不到十分鐘，他收取我五十元掛號費，三百元診療費，七十五元藥費，總共四百二十五元。雖然我只需負擔五十元掛號費，但其中的三百七十五元也是從我每月繳交的健保費支付。復再仔細地想想，我每晚十點前就寢，且一覺到天明，那來的睡眠不足？每天幾乎都坐在電腦螢幕前，或看書或寫作，並沒有長久站立的情事？故而上述兩點，我是抱持著懷疑的態度，但只要那五小瓶既沒有標示製造廠商，又沒有藥品成分，更沒有衛署的藥品核准字號，價值七十五元的乳膏能治癒我的皮膚，我還是要感謝他的。至於血液循環方面，因為自己感受不出有任何的症狀，故而決定聽從他的建議，到醫院抽血檢查。

翌日，家人幫我到署醫掛號，我亦空腹等待抽血。然而，一樣可以抽血且病患較少的「家醫科」不掛，偏偏幫我掛林仁鑫醫師的「內科一診」，號碼是八十號。心想，這下可有得等了。固然，林仁鑫醫師是內科名醫，前曾擔任過金門衛生院院長，現在是署立金門醫院副院長，除了為人謙虛、醫術精湛外，其醫德亦不在話下，並長年服務於這塊歷經砲火蹂躪過的土地。多少鄉親父老在他細心的診治下恢復了健康，多少病患在他的醫療下重獲新生，這都是有目共睹的。倘若身體不適想早一點請他診斷，勢必要提早排隊掛號，當然，最好還是顧好自己的身體，別到醫院「看醫生」或讓「醫生看」。

我枯坐在候診室的椅上等待，時間隨著門楣上紅色阿拉伯數字的躍動而逝去。有人說等待是美的，美得如小橋流水，如青蒼翠綠的山林。然而我此時佇立的是醫院，是作家侯文詠筆下的白色巨塔。多少小生命在這裡誕生，多少病入膏肓的不幸者在這裡往生，這就是悠悠忽忽的人生歲月。即使對人間尚有一絲眷戀，但天堂的大門卻永遠開著，等待人們疲憊身軀的返回。

悅耳的「叮咚」聲再次響起，我微微地抬頭輕瞄了一下門楣上的數字，紅色的五十六號雖然在我眼前閃爍，但距離八十號尚遠，我仍得有一番等待。早上滴水未沾的口舌有些兒苦澀，饑餓的肚子亦有咕嚕的叫聲，再等下去鐵定會餓昏了頭。於是我竟不遵守規定推門而入，把健保卡與掛號單遞給護士小姐，並告訴她我從昨晚禁食到現在，餓得發慌，請幫幫忙，先為我抽血檢查。好心的護士小姐含笑地接受我的請求，她先把健保卡放在林仁鑫醫師的桌上，復幫我量血壓。而一聲輕聲的「正常」，讓我緊繃的臉上有了一絲喜悅，在慢性疾病上，我幸運地過了一關，因為高血壓是造成腦中風的主要因素，豈能不慎。

我與林仁鑫醫師非親非故，但同是金湖鎮民，亦久仰他在醫界的大名，認真說來彼此間並不陌生，每次碰面，我均主動地向他點頭致意，而掛他的診、請他看病則是首次。然而，當我坐在他的面前欲請他診斷時，他卻利用短暫的時間，主動地和我聊起《金門特約茶室》這本書，無形中也縮短了醫師與病人間的距離。並非我大言不慚，或許，今日我是林仁鑫醫師的病人；之前，他可能是我陳長慶的讀者。要不，他怎麼會知道《金門特約茶室》這本書？

林醫師以他專業的醫學素養，仔細地幫我診察腿部，但並沒有發現有靜脈曲張或血液循環不良的情況。然而為了慎重起見，他還是填寫了診斷單，要我到檢驗科抽血檢查。次日，當檢驗結果出來後，我的血糖、尿酸、血脂肪、肝功能……等等都屬正常值。一些老人常見的「富貴病」，以及心血管方面的疾病，均未在我體內衍生。即使我已超過耳順之年，身體雖沒有年輕時強壯，但卻是健康的，在多數被「富貴病」纏身的老人體系中，算是幸運的異數。

正當我沾沾自喜、自鳴得意時，卻萬萬想不到，我的白血球竟高出一般正常值的三倍，計數是三萬八千餘個。在「全血」檢驗中，出現一個「危險」，四個「偏高」，二個「偏低」。為我解讀檢驗結果的黃煥星醫師也深感訝異，他說可能是檢驗錯誤，要我再次地抽血檢查。然而，其結果依然如故，甚至多了二個「偏低」，由此可見我的血液方面已出現了極其嚴重的問題。但當時我並沒有太大的驚恐，也不知道它的危險性，直到過後幾天碰到林仁鑫醫師，始接受他的建議，轉而請在血液方面學有專精的黃泰中醫師幫我診斷（黃醫師曾被《商週》評選為國內百大名醫）。然而，我既沒有發燒，扁桃腺、淋巴腺亦無任何腫大的症狀，白血球為什麼會出現那麼高的數值，黃醫師也深感不解。經過他專業的判斷後，以「不明原因白血球增高」為由，快速地幫我辦理轉診，囑咐我必須到台灣的醫學中心做進一步檢查。當他詢問我決定到那一家醫院時，我毫不考慮地選擇榮總，因為多年前我曾因「暈眩」在這裡診斷過，復又在此做全身健康檢查，醫護人員親切的服務態度讓我留下深刻的印象。

雖然我知道自己的健康已亮起了紅燈，轉診單亦已緊握在手，隨時都可以搭機前往，但我卻猶豫不決。從醫學常識上粗淺地瞭解，我既無高燒不退，復無扁桃腺、淋巴腺腫大之症狀，白血球卻高於參考值三倍，是相當不尋常的。由於白血球不正常的增生，會減少或抑制血液內其他正常成份的生長，其結果會有貧血、對病菌抵抗力減弱及出血等現象發生，最後則會造成死亡。在我的思維裡，我害怕的並非是死亡，而是深恐乘坐復興航空的班機前往，卻包中興航空的直昇機回來。倘若要死也要死在這個生我育我的島嶼，好讓軀體與靈魂同時回歸這塊純樸的土地。當臨終時，或許尚能以微弱的聲音向親朋好友道別；當我出殯時，亦會有親朋好友撥冗來相送。如果死在異鄉而運回來的只是一副冰冷的屍體，又有什麼意義可言？因此，去與不去在我內心掙扎了好幾天。

從得知檢驗結果到決定赴榮總做進一步檢查，前後已有十餘天的光景。儘管血液中有一個「危險」，四個「偏高」與四個「偏低」但我並沒有把它看在眼裡、放在心上，更沒有聞癌色變的焦慮感。然而，經過多日的反覆思考，即使我自己的生命不重要，卻不能不為九十高壽的老母親著想。想起母親一生勞心勞力，跟隨父親上山下海，復又把我們兄弟姊妹拉拔長大，我怎麼忍心再看到她老人家為子女的健康而擔憂。這似乎也是我決定赴台進一步檢查的最大原因。

當我臨赴機場報到前，不得不先以電話向居住於鄉下老家的母親稟告。母親知道我鮮少出遠門，急促地問我赴台的原委，我順口應了一聲：去走走。然而，思維縝密又敏捷的母親，豈會輕易地相信我的話。經她老人家再三地詢問，我只好據實稟告：到台灣檢查身體。而說後，內心卻湧現出一股難以言喻的酸楚，不自禁地紅了眼眶。母親隨即關心地問我什麼地方不舒服，我說沒有，只是一般的健康檢查。聽我如此的回覆，她始未再追問下去。誠然，我已過耳順之年，距離古稀亦不遠，更是五個孫子的阿公，但在她老人家心目中，則依然如襁褓中的孩子，是她「心肝命命」的「戇囝」。天下父母心啊，怎不教人悽然淚下！

大女兒專程從台中到台北，小女兒也特別請假，姐妹倆到機場接我，三人搭車直至榮總。原以為在金門看的是一般內科，榮總必然也是，然醫學中心畢竟不一樣，其分科制度是很精細的，光是「內科系」就有：一般內科、神經內科、胸腔內科、腸胃科、腎臟科、感染科……等十餘個，倘若再加上外科系與婦幼科、五官科、其他科，以及大我門診等，不下六十餘個，不愧為醫學中心。

內科醫師看過我的轉診單後，可能認為我不該掛一般內科，簡短地說明後，馬上幫我轉到「血液腫瘤科」，為我診斷的是年輕優秀的洪英中醫師。

他仔細地詳閱轉診單，以及署醫「生化學」與「血液學」兩項檢查檢驗結果報告，隨即以他專業的語調為我解說病情。或許惟恐病人一時不能接受，除了說法有些保留外，語氣也較婉轉，並加了些安慰的話。然而我再三地強調，無論罹患的是何種病症，我都會坦然接受和面對。他微微地點點頭笑笑，是認同我面對事實的勇氣？還是已看出我的焦慮和不安？無論我做任何的臆測似乎都是多餘的，因為我內心的焦躁是逃不過專業醫師的眼光的。

經過初步抽血檢查的結果，我罹患的疑似「慢性淋巴性白血病」。白血病一般又叫「血癌」，是血液或骨髓內不正常的白血球過度增生所引起。它分成急性與慢性兩型，而急性和慢性白血病又分為骨髓性或淋巴性，故而必須再做「骨髓穿刺」、「脊椎骨切片」與「超音波」等多項檢查。一方面確認真正的病因，另方面看看是否有不良的細胞擴散到其他器官，以及肝臟、脾臟與淋巴結有否腫大。為了配合醫師的診斷，為了能在人間多活個三年或五載，女兒多次陪我穿梭榮總醫學中心的好幾個樓層，除了歷經五次抽血化驗，還必須忍受「骨髓穿刺」與「脊椎骨切片」的雙重苦痛，以及難以言喻的身心煎熬。「失去健康的人才知道健康的可貴」這句看來平庸的話，或許是我此時最好的寫照。

當醫師為我做骨髓穿刺時，曾徵詢我說，是否能將檢查剩餘的骨髓，做為他們醫學上的研究。我點點頭，毫不猶豫地在同意書上簽下自己的名字。倘若真能用我的骨髓，找出病因、研究出一種能專治此類疾病的藥方來造福患者也是功德一件，我何樂而不為啊！如果遇到的是一位缺乏醫德的醫師，他不僅可以趁著病人痛苦地弓身抱膝、長針直入時多抽取幾毫升骨髓去化驗、去研究。只要不告訴病人，躺在病床上的患者，又怎麼會知道被抽取多少？剩餘的要如何處理、做什麼用途，又干病人什麼事？難道能帶回家當紀念品。然而有制度的醫院、有醫德的醫師畢竟不一樣，是懂得尊重病人的隱私和權益的。他們的作法，的確值得敬佩。

檢查過所有項目，我沒有留在台北等結果、看報告。拖著疲憊的身軀，忍受脊椎骨切片與骨髓穿刺造成的痠痛，搭乘立榮航空的飛機回到浯鄉這塊土地。雖然是立榮航空的後補旅客，但享受的待遇和其他旅客並沒有兩樣，只是情緒有些低落而已。即使我能預測到自己的病情，可是我還是十分的慶幸，因為沒有包中興航空的直昇機回來，也沒有被救護車送到老家古厝的「廳邊」。誠然這些都是我個人悲觀的想法，但每當想起我的三嬸，她罹病住院的那年，我曾到衛生院探視。那時她雖有些疲累，但精神還不錯，曾坐在病床上和我聊些家常瑣事。而當衛生院檢查不出病因幫她後送赴台診斷時，原以為以台灣的醫療水準，勢必能讓她盡快地恢復健康回家，想不到幾天後是戴著氧氣罩進家門的，而且睡的不是古厝的「眠床」，是「廳邊」的「水床」。如此之情景歷歷在目，即使我不知道她當年罹患的是什麼病，只感受到人生的無常。而今當自己罹病在身時，無形中也會衍生出許多不健康的想法，這似乎也是人性內心自然的反應。

一週後，榮總血液腫瘤科醫師証實我罹患的是「慢性淋巴性白血病」，我皮膚上的紅色斑痕，也是因免疫系統遭受白血球破壞所引起的。從醫學資訊上顯示：「慢性淋巴性白血病是造血性疾病，這種癌病在西方國家相當常見，但卻很少發生在國人身上，罹患的年紀主要在中年以後，尤其是老年人。而大部分慢性淋巴性白血病的患者，在被診斷時並沒有任何症狀，通常是抽血檢查時意外被發現。雖然其存活期約十年，但該病的病程長短差異很大，短則數月，長可達數年。迄今尚沒有最有效的治療方法，且隨時有出血與感染的風險，而是否會轉為急性或何時會轉為急性，誰也不知道。」

縱使我口口聲聲、甚至勇氣十足地說，會坦然面對這個不幸的事實。可是當醫師宣判的那一刻，平日意氣飛揚的神采，竟在驟然間失去了蹤跡，癌症的陰影更如影隨形地在我腦中盤旋不去。雖然失去健康並不是一件光彩的事，尤其罹患的又是這種讓人難以接受的病症，許多患者以及其家屬都盡量地避談，然而在我的想法裡，似乎沒有隱瞞的必要，誠實地告訴在這塊土地相互關懷的朋友們，或許內心會覺得舒坦一點，別到時走得太倉猝，讓朋友感到突兀和驚訝。既然已蒙受病魔的「青睞」，想逃也逃不掉，除了感到不測外，其他又能奈何？誰願意離開這個純樸的島嶼？誰不留戀浯鄉這塊美麗的土地？而又有那一個「頭殼壞去」的大白癡，自願選擇生病和死亡？如果上蒼認為我命不該絕，勢必會賜予我力量，讓我的病體不要受到任何的感染，日就月將地恢復健康，過著正常的生活。萬一不能如願也只好認命，豈能怨造化弄人、天地不公。

然而，人的心靈總是脆弱的，即便我已走過苦難的人生歲月，並歷經過八二三與六一七兩次砲戰的洗禮，但當病魔臨頭時卻也有一種無名的恐懼感。精神的疲弱相對地也會讓意志力消沉，平日在朋友面前拍胸脯、高喊不怕死的論調，此時卻喊不出來。朋友要我保重、要我加油，亦只能以苦笑來代替謝謝。而當醫師囑咐我每月必須回榮總做追蹤檢查時，為了生存，為了活命，為了能讓病體恢復健康，為了能在人間多看一次夕陽，不得不遵從。但如果是抽血檢查倒還無所謂，倘使又要做脊椎骨切片與骨髓穿刺，的確會讓人卻步。可是病人在醫師面前是沒有說「不」的權利的，任何的苦痛都要接受、都要承受，除非不要命！只是不知痛苦過後，能為自己換來多少歡樂？幾許春天？

儘管死亡是人生旅途必經的過程，但面對曾經擁有過的，無論是親情、友情或這塊土地上的一磚一瓦、一草一木，都會有些不捨。尤其是我此生追求的文學美夢，雖然已結下幾顆小小的果實，卻未真正感受到收穫時的喜悅。屆時，心中那株青蒼翠綠的小樹，勢必也會隨著我的西歸而枯萎。假若我歸天的時辰未到，且身體許可、文思尚在，我依舊會實踐《攀越文學的另一座高峰》自序裡「蘸著自己的血淚書寫金門」的諾言，為浯鄉這塊文學園地貢獻一份綿薄的心力，任憑是倒在血泊也甘心。誠然，天有不從人願之時，卻也有奇蹟出現的時候，但願我還能在人間遊戲幾年，而不是短短的幾個月。衷心地感謝諸君的關懷，我會把你們誠摯的心意，銘記在我心靈的最深處。願來生，你們依然是我的好朋友……。

原載二〇〇九年六月五至六日《金門日報・浯江副刊》

一位重大傷病者的心聲

——兼論某醫師之服務態度

筆者不幸於一年前罹患「慢性淋巴性白血病」（俗稱血癌），白血球指數由初診時的三萬八千（正常值為六千至八千），上升至目前的四萬五千，已超出正常值的數倍，並依病情取得中央健保局核發的「重大傷病證明」，是項證明文件由健保局儲存於本人之健保ＩＣ卡內，以方便就醫。

當初經署立金門醫院醫師診斷出上述病情時，因限於地區醫療設備與專業醫師之不足，經由黃泰中醫師為筆者轉診赴榮總血液腫瘤科診治。雖然暫時死不了，但必須依醫師囑咐，不定期赴榮總追蹤檢查與治療。為了珍惜寶貴的生命，不得不聽從醫師的囑咐，於是年餘來進出榮總無數次，即便不能痊癒，但至少沒讓病情嚴重惡化。

中央健保局在「全民健康保險轉診單」下方曾書有：「本局為加強照顧離島地區居民，凡經離島地區醫院、診所轉診至台灣本島就醫者，門診、急診免部分負擔……。」金門縣政府為照顧地區民眾轉診赴台就醫，亦訂有「居民轉診就醫交通費補助」之規定，一般患者轉診交通費補助年限四次，重大傷病者則不限次數。政府之德政，居民莫不感激在心。惟無論是「轉診單」或「交通費補助申請表」均須由醫院開立。筆者因重大傷病辦理轉診無數次，每次掛號門診，多數醫師均主動詢問病情、關懷有加，充分展現其懸壺濟世的良醫風範，隨後並依據健保ＩＣ卡內的重大傷病證明（有效起迄日為九十八年五月九日至一〇三年五月八日），開立轉診單及交通費補助申請表。

每次赴榮總門診過後，血液腫瘤科醫師均主動代為預約下次門診日期，故而本次必須於十一月十八日回榮總追蹤檢查治療，為了享有交通補助之權益，於十一月十六日至署立金門醫院內科門診，並請求開立「轉診單」及「交通費補助申請表」，無奈內科醫師卻持著懷疑的態度，要筆者出示榮總的證明文件或是病歷資料。而筆者在署醫就診或轉診的病歷資料就擺在他面前，中央健保局「重大傷病」診斷病名「慢性淋巴性白血病，未提及緩解」的證明就在健保ＩＣ卡內，難道它不具公信力？還要病患再赴榮總開一次證明，而榮總的病歷資料可任由患者帶回嗎？這種無理的要求，著實令人不敢苟同。

筆者從罹病起在署立金門醫院求診開立是項文件多次，所有醫師幾乎都是依據ＩＣ卡內的重大傷病證明而填單簽章，惟獨獨此次碰到的醫師則是例外。經筆者提出說明並與其溝通，依然未得到他的同意，甚至該醫師竟要患者改掛十七日的血液腫瘤科，並由護士小姐主動替我掛號。試問，一位內科醫師依據相關證明即可開立的文件竟不予處理，還要病患次日再看一次門診，這不僅是浪費醫療資源，也造成病患諸多的不便。最後禁不起筆者動怒而據理力爭，醫師始自知理虧，心不甘情不願地把「轉診單」及「交通費補助申請表」開立給筆者。

基於上述事因，我們就此請教金門縣衛生局與署立金門醫院：

其一、經過榮總醫師診斷、中央健保局審查通過的「重大傷病」之證明文件，是否具有公信力？是否可作為「轉診單」及「交通費補助申請表」取得之證明依據？

其二、證明文件齊全，並依規定門診，請求醫師開立「轉診單」及「交通費補助申請表」是否是一位按月繳交健保費的金門離島病患該享有的權益？

其三、倘若病患具備各項有效證明，而醫師無故以各種理由推諉，不予開立所需之文件，待患者忍無可忍、動怒而據理力爭後，始願意開立是項證明，其心態是否有可議之處？是否有檢討之必要？還是值得鼓勵、值得學習、值得效法？抑或是病患要看醫師的臉色？

其四、署立金門醫院「血液腫瘤科」設於何處？為何懸掛於掛號室右側的「行政院衛生署金門醫院門診醫師一覽表」，以及走遍整個院區、詢問掛號人員，均無此單位之設置？護士小姐主動替本人掛的號並非是十一月十七日「血液腫瘤科」依舊是「內科一診」？而同樣是內科一診，為何當日不能開立患者所需之「轉診單」及「交通費補助申請表」，要次日再掛一次號始能取得。如此之作法是否有當？是否有浪費健保醫療資源之嫌？是否會造成病患的不便和增加病患的精神負擔？

其五、一個醫師的基本條件，除了醫術與醫德外，是否要有愛心、包容心、同理心，以及懸壺濟世、服務社會、服務大眾、服務病患，猶如華陀再世救苦救難之精神與態度？

金門自兩岸軍事對峙以來，為護衛台澎，歷經多次戰火的蹂躪，復加是一個交通不便的離島，人民過的是一個苦難的日子。自從戰地政務解除後，更必須與台灣民眾繳交同樣的稅、同樣的健保費，但我們所受到的則是次等公民的待遇。雖然中央政府為照顧離島居民轉診就醫，訂有門診、急診免部分負擔，金門縣政府亦訂有交通費補助之規定。然而，誰願意生病？誰願意轉診？那幾乎都是不得已的情事。但萬萬想不到為了轉診，為了申請交通費補助，卻要受到如此的對待。偉大英明的政府啊，如果不能改變少數醫護人員的服務心態，再大的德政，再多的補助，勢必都要化為烏有，人民永遠不會感念。也同時寄語某些人，金門人雖善良，但並不好欺！金門人更不會那麼沒格調，為了貪圖區區千餘元補助款，而無病裝病、要求轉診……。

原載二〇一〇年十一月二十三日《金門日報・言論廣場》

附錄　提升醫療品質　當以病人為中心

──從陳長慶先生的投書談起

陳欽進

本縣前輩作家陳長慶先生日前以〈一位重大傷病者的心聲──兼論某醫師之服務態度〉為題投書本報言論廣場，詳述其於署立金門醫院就醫的不平待遇，想多數鄉親讀來均心有戚戚，因為陳先生討論的不是他個人的權益或榮辱，而是與鄉親們切身攸關的重大問題。

長期以來，本離島醫療資源分配不均已是既成的問題，就算是在台灣本島，同樣也有著城市與鄉村、平地與山地醫療服務品質差異化的情形。探究這個問題，不單是政府有否平等對待每一位國民，更有著醫療營利與服務的本質誘因；也因此，直接促成了金門縣立醫院的署立化，然署立化之後，金門的醫療服務品質有否就同步提升，似可從以下面向探討。

其一、醫病的親密性。金門縣立醫院於九十四年十月一日掛牌改制為署醫，當時地方整體的氛圍都以為，「改制署醫不只是嫁女兒，更是賺到了一位振家興業、光宗耀祖的好女婿。」五年多過去了，就醫的滿意度、新建的醫療大樓，都代表著署醫的努力，然在這些榮耀的背後，卻似乎失去了醫病的親密性。金門地方小，人情的往來密切，「醫病信賴」自然而生。於今，駐診醫師繁如走馬，甚有病人打趣：醫生的名字都還記不住，又換人了。正面思考，這叫無縫接的服務；負面想像，莫不是把病人當工具，過水、經驗一下罷了。對病人而言，醫囑有時猶如利劍，倏時便能摧毀脆弱的心靈。以長慶先生的事件為例，一位先入為主、尚不知署立金門醫院有無「血液腫瘤科」的設置與醫生，又如何有效建立醫病信賴？遑論服務的親密性。

其二、轉診的必要性。金門地處離島，為加強照顧離島地區居民，凡經離島地區醫院、診所轉診至台灣本島就醫者，門診、急診免部分負擔。縣府並訂有「居民轉診就醫交通費補助」規定，轉診患者享有一定的交通費補助；這樣的規定，當然是為了衡平醫療資源分配不均所帶來的服務品質差異。按說，醫療服務首論「病人不動、醫生動」，要病患奔波就醫，已屬不得已之作法，若再做不到簡捷便民，政府的美意便打了水漂兒。我們以為，為了防貪阻弊，由醫生視病況開立「轉診單」及「交通費補助申請表」自有其必要性，但對於那些金門無診療專科或重大傷病的患者，要求其逐次出具「權威機構」的檢驗證明，是否亦屬另一形態的擾民？方便他人，就是造福自己。正視金門轉診的必要性，認真對待每一病患的醫療需求，不正是醫者救危扶傷的天職？

猶記署立金門醫院啟用剪綵時，署長侯勝茂特別強調「醫療不中斷、接軌無縫隙」；「醫療不中斷」問題不大，「接軌無縫隙」就要看以何種標準對待了。全民健保旨在透過全民皆投保的方式，達到每人皆可享用醫療普及服務的社會福利，也讓服務水準一致化；不論是本島、離島，民眾要求無差異化的醫療服務本屬權利，醫療機構亦有義務提供最完善的服務，衡平之間的差異化，便有賴完善的「轉診制度」來進行無縫隙的接軌。長慶先生的不平，或只是金門醫療問題的冰山一角，署醫或許做不到視病猶親，但以「病人為中心」的醫護品質，卻是放諸四海皆然的標準！

原載二〇一〇年十二月一日《金門日報・社論》

本文作者陳欽進先生，著有《金門人在廈門》等書，現任金門作家協會秘書長。

風暴之後

朋友，日前懷著沉重的心情打從榮總回來，當飛機降落在這片生我育我的土地時，我的心就猶如馬路雙旁禁不起寒風吹襲的林木，缺少了那股綠意盎然的蓬勃新意。一年多來，雖然遭受病魔的折磨，精神和體力大不如前，但人生的喜怒哀樂則依然寫在我的臉上，與老友相聚時仍舊談笑風生，表面上看不出是一個罹患血癌的病人。可是，距離上次複診時才短短的兩個月，在沒有任何感染下，我的白血球非僅與日俱增，甚至還突飛猛進，已攀升到五萬二千大關。這個高出正常值數倍的指數，或許正意味著一棵原本綠葉就稀疏的老樹，正遭受白蟻日復一日的侵噬。倘使啃食的是它的枝椏，那必須經過一段時間才會枯萎；果若是根莖或主幹，枯死就在一瞬間，這似乎就是自然的定律，任誰也無法抗拒。因此，對於一個已經準備好了的老年人來說，我始終以一顆坦然之心來面對，沒有任何遺憾，也不會感到惋惜。

你肯定我在《金門日報．言論廣場》的投書，不僅僅只為了我個人，也同時道出許多鄉親的心聲。坦白說，這本非是一個長年從事文學創作者的原意，儘管人都有一顆善良寬厚的心，但當他無緣無故遭受到不平等待遇而忍無可忍時，必然會加以反撲，這也是人性內心自然的反應。若以現下的社會趨向而言，一個學有專精的年輕醫師，理應貢獻所學、發揮所長，展現出服務社會、服務大眾、懸壺濟世、視病猶親的醫道精神，倘能如此，假以時日必是一位名揚杏林的良醫，但我們親眼目睹的則是他的另一面，怎不教人失望。此時，我們姑且不論其醫術或醫德，就以服務態度來說，一位能獨當一面在門診看診的醫師，竟比那些擎舉著白色炬光、以燃燒自己照亮別人為信念的南丁格爾還不如，我們還能冀望他來為善良的鄉親治病麼？如果不改善其傲慢的心態，再高明的醫術，非僅不能得到病患的認同，也難容於這個多元的社會。

我們確實不能低估《金門日報》的影響力，即便它只是一份地方小報，每天出報亦只有數千份，但在資訊普及的現下，只要透過網際網路，即可讓全球華人和旅外鄉親看到金門的訊息。當〈一位重大傷病者的心聲〉在「言論廣場」刊出後，為我抱屈與關懷的電話無數，衛生局長陳天順先生上班時就主動來電關切，甚至毫不客氣地批評某些人矯枉過正。下午並指派副局長李金治小姐、代課長趙素員小姐，夥同金門縣政府金湖服務處主任李增苗先生等，蒞臨舍下深入瞭解，以便作為日後檢討改進的參考。衛生局從善如流的態度，讓我印象深刻。然而，是否真能督促署醫徹底改善還是未知數，因為它必須歷經時間的考驗方能下定論。倘若只是應付式的官場文化、不實際的官樣文章，那是不足取的。別忘了，鄉親的眼光是雪亮的，他們的「目睭」會「金金看」，由不得政府官員「一支喙，糊瘰瘰」來愚弄百姓，這是他們必須深思和體認的事實。

即便衛生局作出善意的回應，可是，一天、兩天過去了，卻不見署醫針對我「請教」他們的五點問題作任何的答覆。或許他們自認為是中央單位，地方政府管不到他們，一個小老百姓的心聲又算得了什麼，果真如此的話，這種高傲的心態著實令人遺憾。於是我愈想愈難以接受，逕自打電話給立法委員陳福海服務處，當我說明原委，助理人員說他們已從報上看到我的投書，會向署醫反映。當晚，署醫輔導室社工員許小姐立即來電詢問原委，儘管許小姐輕聲細語、措詞溫和、婉轉、有禮，而我依舊難掩內心的激動和氣憤，除了把當天的經過重述一遍外，竟高聲而毫不客氣地告訴她說：「請轉告你們院長，金門人要求的並不多，在不能增添醫療設備、不能提升醫療品質、不能聘請名醫進駐的前提下，總得改善醫護人員的服務態度吧！如果連這點小小的要求都做不到，那是我們金門人的悲哀和不幸！」許小姐聽到我怒氣沖沖的抱怨後，非僅沒有不悅，甚至還不斷地以溫婉的語氣安撫我說：「阿伯不要激動、阿伯不要生氣」，其不亢不卑的服務態度，可說是一位十分稱職的社工人員。

我深知這種病人與醫生紛爭的小事，署醫諸大人看多了，或許除了一笑置之外，更不會記掛在心把它當一回事。但是，刊載在《金門日報．言論廣場》上的投書，斗大醒目的標題，以及重大傷病者的心聲，數以萬計的讀者和鄉親都看得清清楚楚，孰是孰非，每人心中自有一把尺，由不得任何人狡辯。除非院方麻木不仁，否則的話沒有不重視、不檢討改進的理由。況且，我們訴求的目的無他，只要往後少數醫護人員能記取教訓，徹底改善服務態度，以視病猶親之謙和態度面對鄉親，充分展現其專業素養與仁心仁術的良醫風範；也同時期待他們能把愛心和慈悲心，帶給這個醫療資源匱乏的蕞爾小島，誠心誠意地為島民服務，倘若如此，勢必會得到高度的肯定和讚賞。

同時，我們也必須善意地提醒某些自命不凡的人士，千萬不要錯估形勢，誤以為金門人善良好欺，全都是當年威權統治下的順民，軍管時期的死老百姓，要他們立正站好、敢不從嗎？故意地整整他們、敢反抗嗎？如果還存在著這種思維，未免也太高估了自己。其實年紀稍微大一點的鄉親均歷經多次戰火的洗禮，他們有頑強的生命力和堅牢不移的生存韌性，絕不會輕易地被嚇倒。更何況他們原本就純樸善良、忠厚老實，並非蠻橫不講理，對於某些不合理的事，亦抱持著能忍則忍的態度，從不惹事生非或作無謂的抗爭。然而，容忍是有限度的，忍辱也有一定的範圍，即使他們不善於用語言來表達，但沉默何嘗不是一種無言的抗議呢？倘若遇到一位勇於站出來仗義執言者，絕對會替他們討回公道，以抒解他們長久積壓在內心的怨氣。儘管醫界大部分都是學有專精的良醫，但一個螺蛳，足可攪壞一鍋湯，雖然只是一句俗諺，卻是許多高知識分子必須深思和體悟的問題。

縱使一個罹患重大傷病者的體力和精神不如常人，但其神智和意識卻是清楚理性的。可是，一旦其應享的權益遭受無故的剝奪或刻意地刁難時，在忍無可忍的情境下，勢必會激起他強烈的反彈，許多紛爭都是因此而起的。大凡對醫師養成教育有點概念的人都知道，無論醫學系基礎課程的《普通心理學》或進階課程的《醫學心理學》，都是該系學生必須修習的科目。當他們學成後、以行醫作為終身職業時，更應當懂得病人心理與視病猶親的道理，方不致於辜負師長們諄諄教誨的苦心。更何況，他們不也是從病患繳交的健保費裡獲取應得的酬勞嗎？故此，病人花錢看病，如果得不到醫師的善待，甚至還要遭受無謂的消費，的確令人痛心。台北和信醫院院長黃達夫先生曾經說過：「醫院有一個目標，病人第一，永遠不會改變。因為，唯有以病人最優先，才能讓病人完全信賴醫師，繼而地改善病醫關係。」黃院長的一席話，足可作為署醫的借鑑。但願日後，當我們這些「次等公民」不幸因病求診時，他們能展現其高超的醫術和親和力，並以同理心來相待。如此之大恩大德，金門人永遠會感念在心。

日昨很高興看到《金門日報．社論》以〈提升醫療品質　當以病人為中心〉來呼應我的投書。其公平客觀的論述，以及充分反映出金門鄉親無奈的心聲，確實讓我感慨良多。原以為縣立醫院署立化後，能提升醫療品質來造福鄉親，而實際上與我們期待的還有一段差距。五年來署醫限於種種因素，對於一些重大傷病者依然束手無策被轉診，與當年的縣立醫院毫無差別。甚至於還因為它的署立化，地方政府管不著，鄉親受到不平等待遇無處可申訴。即使我們經常聽到「百姓的小事，就是政府的大事」這句冠冕堂皇的話，但又有多少政府官員能真正體恤民情、主動關懷市井小民的疾苦。果真如此，也不會有成群結隊的民眾高舉抗議的標語，或頭綁白布條走上街頭抗爭，甚而投書媒體、召開記者會引起社會的關注。我們必須誠摯地呼籲那些擎舉著為民服務大纛的民意代表，當他們聆聽到小老百姓的心聲時，應主動站出來加以關懷瞭解，要求相關單位檢討改進，豈能置身於事外而不顧，讓純樸善良的鄉親受到委屈。倘使連這點小事都作不到，又怎能為民喉舌？又怎能為民服務？

然而當我的內心充滿著上述質疑時，卻在十二月四日《金門日報》第二版，由記者莊煥寧先生所撰述的議會報導，看到一則與醫療相關的訊息，其大意為：金門縣議會第五屆第二次定期大會，楊永立議員在聽取縣長施政報告後表示：「醫療不足是金門人心中的痛，金門日報社論〈提升醫療品質　當以病人為中心〉寫得很好。對於衛生局人員在轉診補助費申請流程加強控管中提到『民眾應該是有需要就醫而赴台，不應該是為了赴台而就醫』，此種說法對於有需要轉診到台灣就醫的鄉親是一種嚴重的污辱。金門人不欠健保費，但病患因為離島醫療不足，不得已必須轉診赴台就醫，猶如二等國民，已經有夠可憐，如此說法，又叫他們情何以堪？衛生局有必要針對此污辱的言詞給鄉親一個說明和交代。」李成義議員則說：「金門因醫療不足，必須遠赴台灣就診，這是尊嚴，生命沒有尊嚴，再多的福利也沒有用。希望衛生局針對百姓目前急迫性的問題，與署立醫院協調溝通，為金門所有長期、重大病患來努力。」終於，小老百姓的心聲議員先生聽到了，謝謝他們仗義執言與重視這個問題；也謝謝「金門縣政留言版」諸網友對這件事情的關注。他們就事論事不平則鳴的聲音，相關單位豈能充耳不聞？只要不涉及人身攻擊或惡意的漫罵、誣陷，這股力量是不可輕忽的。

即便我懂得「得饒人處且饒人」這個為人處世的法則，但相對地也知道「苟且偷安，必貽後患」這句話的意涵。對於少數服務態度極待加強的醫護人員，豈能過於寬容和放縱，如此似乎也可以讓他們從教訓中汲取經驗，因為經驗往往能使人重犯錯誤時認識錯誤。若非親自領教這份不平等的待遇，絕對難以體會當日所遭受的屈辱。因此，對於一位不久即將因重大傷病而回歸塵土的老年人而言，非僅特別在意，也絕對不能接受，甚至那道受辱的陰影迄今還在腦裡盤旋不去。每當和友人談起，我激憤的情緒仍然高昂，短時間內是難以平復的。故而，我認為投書媒體，讓鄉親和讀者們根據事實的陳述、來評判這件事的曲直是非，絕對是正確的作法。俗諺云：「人善被人欺，馬善被人騎」，倘若沒有用這枝禿筆來揭發白色巨塔內另一個黑暗的角落，滿腹的苦水想必會和許多敢怒不敢言的鄉親一樣，只好往自己的肚裡吞。冀望署醫日後能從善如流要求所屬，以嚴謹而勇於負責的態度，尊重中央健保局核定的「重大傷病證明」，依病患之需要開立各項文件，協助病患轉診就醫，為病患爭取應得的權益，如此，方稱得上是一所善盡社會責任的醫院。台北和信醫院黃達夫院長曾為醫院下過如此的註腳，他說：「醫院的目的，不是追求經營利潤，而是為人的生命帶來好的改變。」讀完黃院長這段話，我必須再作一點小小的補充：「醫師的目的，不只是追求較高的報酬，除了醫術與醫德外，更要以同理心以及視病猶親的態度來善待病人。」不知君以為然否？

當我走筆至此，原以為本文即可告一段落，想不到卻又接到署醫輔導室許小姐的電話，謂他們醫務室董主任要來看我，問我方不方便，我當然一口答應。而董主任是何方賢達我並不清楚，他們之於會蒞臨舍下，絕對事出有因，或許與我日前的投書脫不了關係。果真如此，我可以當著他們的面，再一次發洩隱忍多時的不滿情緒。可是，我不僅年老眼亦花，當一位文質彬彬、溫文儒雅、操著本地口音的人士站在我面前時，竟認不得他就是縣籍外科名醫董文雅醫師。更可笑的是，我還問他是金門什麼地方人，以及他的大名叫什麼，對於自己有眼無珠的魯鈍行為，的確要向董文雅醫師說聲抱歉。而今天，他則是以署醫醫務室主任的身分，夥同輔導室社工員許小姐，代表院方專程來向我解釋日前所發生不愉快的事件。當我聆聽到他那既謙和又誠意十足的解釋時，原本不滿的情緒竟在驟然間緩和不少。孰是孰非已早有公斷，倘若能因我的投書而對少數醫護人員有所警惕的話，也是好事一樁，這也是我們交換意見過後的共識。於此，卻也讓我聯想到，如果某些自負的醫護人員，能學習董主任那種謙遜有禮的態度，勢必會減少許多病醫的誤會和紛爭。董主任擔任外科醫師多年，除了醫術精湛，為人處世亦有其獨到的一面，非僅是一位謙謙君子，更是一位仁心仁術的良醫。現下由他代表署醫來說明，我能感受到院方的誠意，也領略到我的投書已受到重視。孔子曰：「人非聖賢，孰能無過，知過能改，善莫大焉！」當董文雅主任謙和誠樸的身影遠離我的視線走向街的另一頭時，就同時讓這個不愉快的事件劃下句點吧！但縱使如此，我依然要把這段過程化成文字，記錄在自己生命的扉頁裡，以及浯鄉的文學史上。

朋友，此刻已是時序的大雪，雖然早晚有點寒意，但白日則天氣晴朗、冬陽普照，絲毫沒有一點嚴冬的意味。然而，冬至過後大寒就在不遠處，冬季焉能在人間長留，接踵而來的想必就是春天輕盈的腳步。屆時，門口的木棉樹將綻放出嫣紅的花朵，為寂靜冷清的新市街景增添一抹嬌豔的色彩。可是，儘管它姿色明媚艷麗，卻不能長久依附在木棉的枝椏上，無論其花開是否經過春風的吹拂，花落是否遭受春雨的摧殘，大地萬物和生靈，都必須歷經生死輪迴這道關卡。既然花朵不能長綻枝頭，凡人又豈能久活人間，即便我已經準備好了，但在死神尚未向我招手前，我必須運用父母賜予的智慧和意志與病魔作殊死戰。任憑多看一次日出和夕陽，多瞧一眼木棉花開或花落，多聞一遍浯鄉純淨芬芳的泥土，都是值得我去追尋和珍惜的……。

原載二〇一〇年十二月十七日《金門日報・浯江副刊》

花螺本無過，何故惹塵埃

朋友，久久的等待，門口木棉樹上的花蕾終於在清明節過後綻放了。一朵朵火紅的花朵，滿佈著雜亂的枝椏，即使沒有綠葉的襯托，依然能展現其多采的丰姿，為蕭瑟冷清的新市街景，增添不少蓬勃的氣象。然而，在這個木棉花盛開的季節裡，首先必須謝謝你們在「金門縣政留言版」發文對拙作〈花螺〉的指教。不可否認地，花螺這個故事對老一輩鄉親而言，可說是一個難忘的共同記憶。故此，基於與這塊土地有血濃於水的親密關係，以及身軀尚未完全被癌細胞吞噬的現下，老朽不得不以沉重的心情，復透過笨拙的手筆，來詮釋這個故事。雖然花螺討伙伕班長的行為可議，但這非僅是大時代的悲歌，亦是爾時社會另一種層面的體現。當善良的島民回顧這段歷史時，似乎都能以一顆寬容之心，坦然地來面對這個不幸的事實。

朋友，你們何其有幸生長在這個清平的時代，既不愁吃，又不愁穿，復又受過完整的學校教育，繼而地投入職場、成為社會的中堅分子，幾乎沒有遭遇到任何挫折和苦難，屬實無法領會到爾時的時空背景，不能體會到那些有家歸不得的老兵的心情，又何能領會到一個婚後身心遭受凌虐，復又必須面對夫婿失智的婦人的心境。因而，基於人物刻劃的需要，以及對人性心理有較細緻的描述，當老王與花螺兩情相悅迸出愛的火花時，我不得不以較細膩的手法，來詮釋他們長久被壓抑的性慾，故此才有一段較激情的情節出現。可是你們並沒有詳閱全文，亦未曾看清是否因情節所需，就斷章取義作無謂的批評，完全抹煞了作者創作時的本旨，曲解了它欲表達的原意。

你們說「花螺是不是太入骨了點，萬一小朋友問什麼是陽物？什麼是海棉體？什麼是淫水？該怎麼回答？」朋友，枉費你們接受高等教育的薰陶、讀那麼多聖賢書，又是新世代的菁英，竟連這幾個簡單的問題也無從回答起，不僅不可思議，也令人遺憾。所謂「陽物」不就是男子的「生殖器」麼？不管成人或幼童，所有的男性都有，既然是那麼通俗的人體性器官，為何難以啟齒？所謂的「海棉體」，是位於男性陰莖內的一條海棉體動脈，平時呈捲曲狀，一旦受到刺激就鬆弛開來，並快速地充血，它不就是海棉體膨脹的原因麼？而所謂的「淫水」，不就是成年女性興奮時體內的分泌物麼？原本只是一段極其自然的性心理描述，而你們卻硬要把它解讀成一個難以回答的問題，確實讓老朽感到意外。

請看：

老王已顧不了自己是中華民國陸軍第二十七師衛生連上士炊事班長的軍人身分，快速地脫去下身草綠色的黃埔大內褲，露出一個多年未曾使用過的陽物，強壯的身體促使他體外的海棉體快速地膨脹，他急欲獲取的是性的紓解和滿足，完完全全忘記自己置身在這個準備反攻大陸的最前線，一旦違反了軍紀，必須接受軍法的制裁。只因為眼前這個標緻的小阿嫂，已是有夫之婦，倘若讓人發覺而被告發，他必須付出應有的代價。

而現下的花螺，已是名符其實的「花螺」，她何曾想過舊道德中，婦女應盡三從四德的義務？身處在這個保守的小農村，一旦他們的好事被人發覺，免不了要掀起重大的波瀾，她美好的形象勢必也會在一瞬間化為烏有。儘管她知道「若要人不知，除非己莫為」與「紙永遠包不住火」這兩句話的含意，但是，她已無暇顧及那麼多。就在此時，就在此刻，她體內的某一個部位彷彿有許許多多小小蟲兒在蠕動、在爬行，一種俗稱叫淫水的液體亦已潤濕她的下身，她感到前所未有的難受。

老朽之於作如此的描寫，純粹是凸顯老王與花螺兩人長久的性壓抑，以及對性的需求。若依現時的社會形態與性開放的尺度來審視，並沒有逾越文學創作的規範與性心理描述的尺度。而使用「陽物」一詞，難道還不夠謹慎？非得要以閩南語俗稱的「膦鳥」，學名上的「陽具」、「陰莖」或是老兵罵人的「雞巴」來取代，始稱得上文雅？還是要以婦人口中的「小雞雞」，來形容一個年近半百的伙伕班長的下體較妥當？倘若不用海棉體快速地膨脹來詮說老王生理上的自然反應，莫非要以低俗的「硬迸迸」或「硬楝楝」來描述，才能符合你們高道德標準的要求？如果不能以「一種俗稱叫淫水的液體亦已潤濕她的下身」來描述花螺對性的渴望以及內心的興奮，是否要以她的「褲底」已經「澹漉漉」或「澹糊糊」還是「澹漓漉」才能讓你們稱心滿意？

朋友，上述各節只不過是人體性器官的稱謂，與成年女性興奮時生理上自然的反應，它既不骯髒，又不齷齪，為什麼要把它想像得那麼低賤而提出「該怎麼回答」的質疑？而你們所謂的「小朋友」，不知是指何種年齡層？倘若是一般中低年級的小學生，他們要吸收多少語文知識，才有閱讀副刊文學的興趣和能力？如果是高年級同學，一旦問起此物為何物，更是一種機會教育，何況他們在學校不也上過「健康教育」與「兩性教育」嗎？從這兩種課程裡，或多或少，總會獲得一些攸關於人體性器官的構造以及生理衛生方面的知識吧。而此刻，當你們把簡單的問題複雜化時，老朽不禁要問：莫非你們有高人一等的道德修養，真能做到六根清淨，四大皆空，不食人間煙火的境界，要不，怎會有衛道士般的思維？別忘了，我們是凡人而非聖人，既然是凡人，就有儒家所謂的七情六慾。告子曰：「食色性也」，他清清楚楚地告訴我們說，凡是人的生命，就離不開兩件事，其一是生活的問題，其二是性的問題。而小說何嘗不是現實人生的反映，既是反映人生，勢必取材於人生，身為一個作家有義務竭盡所能，把它鋪寫得栩栩如生。因此，只要情節需要，作者做如此的描述又有何不可？為什麼要以異樣的眼光來看待？或許，真正該提出質疑的是如老朽這般年齡的「頑固分子」，而非你們這些受過高等教育的「知識分子」。

朋友，現時的社會是多元的，也是開放的，更是多變的，而你們又是新世代的社會菁英，理應對它有更深一層的瞭解和領會。倘若老朽置身的是爾時舊社會或是戒嚴軍管時期，小說中的人物刻劃與心理描述勢必會有所顧忌或較保守，也就是作家白翎所說的「老夫子式的愛情道德」。回顧那個以軍領政的時代，只要談論到性的書刊，或是看到女性穿著較性感的雜誌，都會遭受到查扣的命運，竟連郭良蕙女士的長篇小說《心鎖》亦未曾放過，這何嘗不是島民的悲哀呢？如今，隨著戰地政務的解除，隨著時代的變遷，隨著社會的開放，身為一個文字工作者，只要不揭露個人隱私或作人身攻擊，只要不是無的放矢或涉及國家機密，還有什麼不能談、不能說、不能寫的？假如因情節需要而必須對人性性心理深入描述時，難道不能以較細膩的手法來詮釋男女間的性問題？倘若不能，莫非是衛道士的心理在作祟？還是戒嚴軍管再次復辟？抑或是要寫「反攻大陸、消滅朱毛」的反共文學？

如果你們的孩子看到李昂小姐的《北港香爐人人插》，而提出北港香爐為什麼會人人插的疑問，或看到某電視台討論男女同居問題，以「夾娃娃」來形容男女交媾，而提出什麼叫「夾娃娃」時，你們會以什麼華麗的言詞來回答他們？萬一你們所謂的「小朋友」接觸到「同志情慾」文學時，你們又會以什麼態度來面對，是該接受？還是排斥？抑或是必須尊重作家的創作自由？朋友，當我們進入到一個全新的世代，文學勢必也會跟著時代潮流走，每位作家都會以不同的角度來觀察這個變化多端的社會，繼而地透過他們縝密的思維和筆端，從事多元化的創作。不管是懷舊或創新，不管是小說、散文或詩歌，只要能書寫成章，復通過報刊雜誌主編審稿的火海，再經廣大讀者的肯定和認同，就有它流傳的普世價值。因此，老朽必須善意地提醒你們，倘使你們認為內容不符合你們高道德標準的期待，絕對有選擇不看的權利，但若是未看完全文就斷章取義、妄下定論、作無謂的批評，那是非常不妥當的行為。

從媒體報導，教育部正計劃把「多元性慾」與「同志教育」納入「性別平等教育」課綱，內容甚至涉及到性玩具如何使用、如何清洗、如何保持乾淨……等等。試想，一個與生俱來的人體性器官與生理上自然的反應，竟讓你們把它想像得那麼不堪。一旦有朝一日，小朋友真正接觸到「多元性慾」與「同志教育」課程，你們將作何感想？難道不讓孩子上這堂課？還是必須遷就時代潮流與社會趨勢？

你們說「花螺根本不是小說，頂多是說故事的寫作而已，文字充滿粗俗，真為咱金門人水準悲哀。」朋友，當你們提出這個質疑時，顯然地，你們的說法與小說的界說是有明顯差異的。眾所皆知，源自唐代以來就把摹述故事的文章叫作小說，而小說更是有人物、有情節、有佈局、有高潮、有結構的創作故事。當你們提出「根本不是小說，頂多是說故事的寫作而已」的質疑時，簡直令人啼笑皆非。既然「不是小說」，又何來「說故事的寫作」？不是自相矛盾、相形見絀嗎？原以為你們出身科班，有深厚的文學根柢和素養，好讓老朽能從你們的批評和賜教中，對小說創作有更深一層的瞭解和體會，以便作為往後創作的指標和借鑑。而萬萬想不到，你們對小說竟是那麼地懵然無知，既然連小說的定義和創作的基本知識都不懂，又有何格來批評小說？倘使想以此來凸顯你們的博學，那非僅不足取，也顯露出你們對文學知識的貧乏。由此可見，金門人該悲哀的並非是〈花螺〉這篇小說夠不夠水準，而是某些不懂小說卻來批評小說的人，以及那些以衛道士眼光來看小說者，他們才是「真為咱金門人水準悲哀」的最大悲哀！於此，你們敢於否定這個「悲哀」的事實嗎？

朋友，並非老朽厚顏無恥或大言不慚，每天看《金門日報．浯江副刊》的讀者固然不少，但等著看〈花螺〉這篇小說的鄉親和讀者卻也不容小覷，不知你們信？或者不信？但這只是一段題外話，重要的是一個罹患重大傷病的老年人，竟能秉持著對文學的熱衷和執著，懷著與病魔對抗的心情，以其堅強的毅力把〈花螺〉這篇小說呈現給讀者，冀望能與鄉親父老共同來回顧這段歷史，忠實地傳達文中人物的聲音和相貌、心思與憧憬，為那個不幸的年代留下一個印記，讓我們的後代子孫能從這篇小說中，看到一些早年為生活奔波的苦難鄉親的真實情景。故此，它絕非是咱金門人的悲哀，而是某些自命不凡的孩子們，必須重新去深思、去體認、去領悟的問題。倘若你們的學識能力與文學素養，誠能如你們批評人那麼地犀利直接，理應趁著年輕力壯的此時，盡快付諸行動，寫出一部部氣勢磅礡、足可震古鑠今的作品來回饋這片土地。如是，才能讓人心悅誠服；反之，則必須謙虛為懷，豈可虛憍恃氣。

不可諱言地，老朽僅讀過一年初中，故而不學無術，即使在文壇耕耘多年，然則不知進取，好讀書而不求甚解，確實辜負了鄉親和讀者們的期望。現下謹以一顆誠摯之心，領受你們「文字充滿粗俗」的指教。但是在領教的同時，老朽也必須鄭重地告訴你們，基於個人學識淺薄的因素，雖然無法把欲表達的意象以深奧的文詞、晦澀的文意，甚至引經據典來呈現，可是，卻能把小說中的人物故事透過自己笨拙的手筆作完整的詮釋，並無詰屈聱牙的語詞讓讀者們看不懂。儘管尚有不盡人意之處，但鄉親父老和讀者們深知老朽所受教育有限，他們包容多於苛責，鼓勵多於批評，這不僅是老朽持續創作的原動力，也是最感欣慰的地方。

回顧老朽輟筆二十餘載，復又重新提筆的十餘年間，無論是小說、散文、評論或是文史作品，可說都獲得鄉親父老與讀者們諸多的鼓勵，並有方家與文壇先進予以論評。尤其在〈老毛〉、《冬嬌姨》與《西天殘霞》等篇章裡，更因情節的需要而打破傳統書寫的藩籬，針對男女之間的情慾有更深一層的描述，徹底改變了自己「老夫子式的愛情道德」創作方式。即便文中對男女情慾有較深入的描述，但並沒有文壇先進或方家，抑或是讀者們認為老朽「文字充滿粗俗」。而現下若從你們的遣詞用字以及對文學的認知來看，卻也不過爾爾，似乎不見得比一位僅讀過一年初中的老年人高明。此時，老朽並無「以牙還牙以眼還眼」之意，而是想印證「不怕文人俗，只怕俗人文」這句俗諺，是否真有發人深省的義理存在。

朋友，你們在安逸的環境中長大受教育，學成後理應貢獻所學，回饋這座生你育你的島嶼。倘若你們滿腹經綸而懷才不遇，或是對這塊土地心生不滿而懷恨在心，抑或是對這個社會感到失望而憤世嫉俗，還是基於個人因素使然而想抒發內心壓抑的情緒，無論是基於何種因素，都必須不矜不躁坦然面對，千萬不能意氣用事作無謂的批評。即便能得到不吐不快的紓壓快感，然則言多必失，往往得罪人而不自知。要懂得「人有兩耳雙目，只有一嘴」這句格言的道理，它的用意莫非要我們多聽、多看、少說。一旦囂張跋扈、為所欲為成性，卻又不知自我檢討改進，難免會引起許多紛爭，那是得不償失的。假若能學習包容與寬恕，懂得虛心謙讓與相互尊重，復與純樸善良的島民和這塊歷經苦難的土地和睦相處，共同邁向一個祥和的社會，如此，才是你們該去追尋的目標。

拙作〈花螺〉已刊載完畢，如其你們已讀完全文，而對文中的故事、人物、情節或結構有所疑惑，理應從大處落墨，提出你們獨到的見解和精闢的論點與方家共同討論。無論是褒是貶，老朽除了虛心領教，亦有接受批評的雅量。倘使未看完全文，卻又對文中欲表達的意象懵然無知，僅只針對某個情節斷章取義作無謂的批評，其心態不無可議之處。如果純粹站在讀者的立場，亦應看完全文再下定論，這無非是對作者最基本的尊重，受過高等教育的你們，焉有不知情之理？至於老朽的作品是好是壞，是值得一讀，還是看不下去，自有方家來論評，自有史家來論斷，自有鄉親父老與海內外廣大的華文讀者來認定，尚輪不到某些道貌岸然的衛道人士，或對文學知識僅一知半解的孩子們來指教。相對於那些能從文學與歷史層面看小說的朋友們，如果沒有具備深厚的文學素養，以及對島鄉歷史文化深入瞭解，何能以深中肯綮的態度來談論〈花螺〉這篇作品。而今兩相對照，非僅讓老朽感慨良多，卻也同時想起劉勰在《文心雕龍》〈知音〉篇說過的一段話：「知音其難哉！音實難知，知實難逢，逢其知音，千載其一乎！」朋友，不僅僅只是知音難尋，想領略小說創作的奧妙亦非易事啊！

原載二〇一一年五月廿四日《金門日報・浯江副刊》

輯五

後事

——為《頹廢中的堅持》而寫

諸君，當你們看到這個悚然的題目時，請毋須訝異，也不必害怕。即使「後事」一般來說是指死後的事，但另一種解釋則是泛指以後的事。我的用語雖與上述都有些關聯，然則更另有他故，請以平常心來看待我的「後事」吧！

掐指一算，我已在人間遊戲六十餘個年頭，最終免不了一死，只是時間的早晚而已。而死後勢必要辦一次「後事」，但要辦得風風光光、還是草草了事，並非我能左右。倘若生前預立遺囑作無謂的要求，不僅有失格調，也將貽笑大方。因為一個長年熱中於文學的老年人，在意的是作品的歸附，而非死後的哀榮。故此，當生命中的紅燈亮起，我不得不試著與時間賽跑，在精神尚未完全疲弱、軀體尚未被癌細胞吞噬之前，必須先為作品的「後事」，做一個妥當的安排。其他的，對一位與世無爭的筆耕者來說，已不具任何意義。

回顧復出的十餘年，我不僅從髮絲班白的中年步入到滿頭華髮的老年，原本健康無恙的身體也起了重大的變化。然而，這幾年卻是我創作的高峰期，在為五斗米折腰的同時，竟能憑恃著一股傻勁，堅持自己的理想，相繼地完成中短篇小說六篇，長篇小說八部，散文七十餘篇，評論十四篇，報導文學一部，以及「咱的故鄉咱的詩」九帖，總字數約百餘萬言，成書二十餘冊。至於這些作品能否在文壇佔一席之地，或是隨著我的西歸一併在人間蒸發，一切就順其自然吧！

即使拙著大部分均已成書，二〇〇六年更把復出後的作品做了一番整理，並歸納成散文二冊、小說七冊、別卷一冊，以《陳長慶作品集》（一九九六～二〇〇五年）為書名出版面世。後續的長篇小說《小美人》、《李家秀秀》、《歹命人生》、《西天殘霞》，以及評論《攀越文學的另一座高峰》亦已結集出版。只剩下〈風雨飄搖寄詩人〉、〈看海〉、〈太湖春色〉、〈當生命中的紅燈亮起〉、〈榕蔭集翠〉等五篇散文與〈後山歷史的詮釋者〉評論一篇尚未成書，餘均可在市面上尋找到它們的蹤影。

可是，我在意的並非這些，而是從一九七二年出版第一本文集《寄給異鄉的女孩》起，至二〇〇九年《西天殘霞》止，前後三十餘年，朋友們費盡心思，以其千秋不朽之筆，或序或跋、或評或論，為拙著所作的詮釋和報導。如此之隆情厚誼，非僅不能遺忘，且時時刻刻懷抱著一顆感恩的心，銘記在心靈的最深處。然而，當我重新審視先前出版的各書時，無論編排或印刷，都與我原始的構想略有差異。尤其是友人賜予的鴻文，未能以更高層次的編輯方式來處理，確實讓我感到愧疚與不安。同時，在「陳長慶作品集」裡，我亦逕自把各書的〈自序〉與〈後記〉省略，總認為它們是多餘之作，有畫蛇添足之感。而今仔細地想想，每本書的〈自序〉或〈後記〉，都代表著作者當時創作的心路歷程，豈能憑著一時的喜惡，把它棄置一隅。基於上述，以及趁著生命中的夕陽尚未西下時刻，我必須盡我所能，把這些與拙著息息相關的作品編印成書，其一為表示對撰文諸家的敬意，其二為自己即將枯萎的文學生命，留下一頁值得回憶的篇章。

編輯這本書的原委，我已概略地向諸君說明，書中撰文諸家對我褒多於貶，鼓勵多於批評，我心知肚明。但是，文學卻也是一種相當獨特的文類，無論是褒是貶，都與其作品有密切的關聯。倘使空有滿懷理想而不能持續創作，任你學富五車、擁有再高的學歷，依舊無法置身在文學這個現實的區塊，遑論想得到方家的褒貶和論評。此生即便留下的是一些難登大雅之作，但我書寫的每一個字句或每一個篇章，可說都是汗水與腦汁凝聚而成的結晶，與這座歷經戰火蹂躪過的島嶼亦有密不可分的關係。因此，無論外界作何解讀，它們都是我生命中的一部分，我沒有不珍惜的理由。

本書係依拙著出版順序，以及諸家撰寫的時間先後來編排。除了我之外，其他撰文者，無論在文壇、學術領域或各自的崗位上，都有傑出的表現和不凡的成就，而且大部分均為文壇先進及著名作家，相信讀者們對他們並不陌生。例如：文學大師陳映真先生、福建師範大學博士班教授陳慶元博士、國立台灣藝術大學視覺傳播學系副教授張國治先生、國立台灣師範大學國文系副教授石曉楓博士，國立金門技術學院兼任講師楊清國先生、陳滄江先生，資深作家謝輝煌先生、金筑先生、黃振良先生、白翎先生、黃克全先生，《世界論壇報》前副總編輯孟浪先生、《金門日報》前總編輯林怡種先生、《金門文藝》總編輯陳延宗先生、《幼獅文藝》主編吳鈞堯先生、《金門日報》前採訪主任陳榮昌先生，以及擁有作家與長官雙重身分的文化局長李錫隆先生，任職於財政局的翁慧玫小姐……等等。我何其有幸蒙受他們的青睞，讓他們以嚴謹的筆力、卓越的見解、優美的文辭，為拙著作最完美的詮釋。當這本書編輯完成時，我必須以一顆虔誠之心，向他們致最崇高的敬意和謝意。

此刻，當生命中熾熱的火焰即將熄滅時，往後的時光歲月，腦海裡勢難再湧現昔日豐沛的文采，現時該做的就是盡快地把這本書編妥付梓，如願地完成自己的「後事」。明日起身後，無論是「藥石罔效」、「病入膏肓」或「蒙主恩召」、「壽終正寢」，我不僅會坦然接受，亦絕無怨尤。然而，人生卻也有許許多多令人意想不到的事，或許，當「遺言」交代完畢，「後事」準備就緒，天堂的大門則不為我開，閻王攔阻於地府之外，主亦不來恩召。說不定只要遵照醫師的囑咐按時追蹤檢查和治療，然後以正確的心態與病魔和平共處，以現今之醫療水準而言，再活個三年五載並非不可能。縱使蒼天對待每一個子民都一樣，只有死亡的宣判，沒有所謂的豁免，但我還是冀望這個奇蹟，能賜予一個在文學園地踽踽獨行的老年人。果真有此福份，這本書將是我三十餘年創作歷程，朋友對我的鼓勵和肯定，而不是哀悼我的紀念冊。

在資訊數位化的現下，經過反覆思考，我決定把這幾年來的創作過程，以年表的方式一併附錄於文後。一方面讓海內外鄉親與讀者，透過網際網路瞭解我整個創作過程，另方面冀望它日後能在浯鄉報章及文學史上，留下一個完整的紀錄。

原載二〇〇九年十一月六日《金門日報・浯江副刊》

血汗的凝聚

——為《花螺》而寫

今年五月，當〈花螺〉在《金門日報・浯江副刊》連載完結後，儘管有讀者詢問何日出書，但我並沒有擬訂出版計畫。因為原文尚不及五萬言，無論字數或份量均明顯不足，假若勉強把它編印成書，亦只不過是區區的百餘頁而已，與我先前出版的作品相較，似乎顯得薄弱一點。然而當長篇小說〈了尾仔囝〉脫稿後，我竟改變之前的想法，即便〈花螺〉只是一個中篇，倘使往後與其他篇章結集在一起成書，並不能凸顯出這篇小說獨特的時代背景與當年的社會流俗。

雖然花螺討伙伕班長的行為可議，但在這個歷經苦難的島嶼，遭受與花螺同樣命運的女性處處可聞。這非僅是大時代的悲歌，亦是爾時農業社會另一種層面的體現，故而，它也是我改變初衷決定出版的原委。不管這本書的出版能否獲得讀者諸君的認同，但對於一位正與病魔搏鬥的老年人來說，則有不凡的意義。即使它只是一本不足輕重的中篇小說，可是我卻沒有不喜歡、不珍惜的理由。只因書中的每一個字句，都是我血汗的結晶與腦力的凝聚。

二〇〇九年五月，當榮總血液腫瘤科醫師診斷我罹患血癌時，在轉瞬的剎那間，我的人生隨即從彩色變成黑白，癌症的陰影更是如影隨形、不斷地在我心中激盪著。當我懷著沈重的心情從榮總回來後，首先掠過腦海的竟是：不管還能在人間遊戲多久，為自己準備「後事」是刻不容緩的事。然而我所謂的「後事」，並非留下遺言或把名下的茅廬過戶給孩子，而是整理友人幫我書寫的序文和評論，然後編印成書。我之於會有如此的想法，除了對執筆諸君聊表敬意和謝意外，也同時為自己近四十年的筆耕歲月劃下句點。

可是萬萬沒想到，當《頹廢中的堅持》問世後，閻王卻遲遲沒來邀我共遊西天的極樂世界，讓我在人間多看好幾百次日昇月落以及黎明和黃昏。於是在這段苟延殘喘的日子裡，與其枯坐在椅上等死，還不如動動手腦，它也是促使我書寫〈花螺〉這篇小說的緣由。但是在衡量自己體力的前提下，構想中的〈花螺〉，只是一個四五千字的短篇。可是當我進入到小說的情境時，文中的人物和故事，竟如同料羅灣漲潮時澎湃洶湧的海水，不斷地在我的腦海裡湧現，讓我有欲罷不能之感。於此，我必須把這篇作品做一個較完整的詮說，即便不能達到完美的境界，卻也不能虛應故事來矇騙讀者。故而脫稿後呈現在讀者眼前的，竟是一個近五萬言的中篇。雖然沒有沾沾自喜，但卻出乎我預料。

回顧〈花螺〉在《金門日報．浯江副刊》連載之初，「金門縣政留言版」隨即出現數則留言，是褒是貶我不置可否，因為他們並未讀完全文，擅下定論，未免過早。但對於那些能從文學與歷史層面看小說的朋友們，想必他們必有深厚的文學素養，令人讚歎。可是對於那些僅只針對小說中的某個情節、斷章取義作無謂批評的朋友們，確實也讓人失望。因此在不能親自向他們討教之下，只好待全文刊載完結後再撰文加以回應。它就是〈花螺本無過，何故惹塵埃〉這篇作品。

現今趁著〈花螺〉這本書即將出版，我把它放在原文之後的附錄裡，一方面讓讀者諸君看看這篇小說，是否如同他們所說的「花螺根本不是小說，頂多是說故事的寫作而已，文字充滿粗俗，真為咱金門人水準悲哀」等語。另方面亦藉此提醒某些後生晚輩，倘若從嚴肅的文學觀點而言，在尚未詳讀全文或對文學知識僅一知半解的情況下，即使受過高等教育的薰陶而成為社會菁英，但想領略小說創作的奧妙則非易事，遑論是深中肯綮的批評。

兩年多來，即便因生命中的紅燈亮起，讓我遭受此生最大的痛楚，但纏身的病魔並沒有火速地吞噬我的生命，反而激起我更大的求生意志和創作毅力。儘管我試圖趕在夕陽即將西下的時刻達成所有的願望，但仔細地想想，那勢必是不能與不可能的。雖然每個人的際遇與造化不盡相同，可是惟有活著才有希望，何況在人生的旅途裡，並非每條道路都是平坦璀璨的。但願我能踏穩每一個腳步勇往直前，披荊斬棘越過生命中的另一座高峰，順利地抵達我理想中的文學世界。

此時，在腦未昏、眼未盲、手未顫，身體尚能支撐的情由下，一個長年熱衷於文學與致力於文學創作的老年人，似乎沒有悲觀和輟筆的權利。他更應以堅強而不可搖奪的定力，運用上天賦予的智慧與手中的文筆，蘸著自己鮮紅的血液和熱淚，義不容辭地為這座島嶼而寫；直到淚水流盡、滴滴鮮血化成一個個文字為止。如此，方不致於辜負這片歷盡滄桑的土地，夜以繼日供給他成長的養分……。

原載二〇一一年十二月一日《金門日報・浯江副刊》

附錄　戰火歲月裡的金門悲歌

東瑞

每次到金門，探望陳長慶先生必然列在我們的行程表上，作為一項重要的文化項目。探訪陳長慶，意義有三。一是他熱愛文學、創作、開書店，數十年如一日，而我們也辦出版社，熱愛文學，我對寫作也一直不離不棄，情況極為相似，感到很親切；二是他那種爭分奪秒、只爭朝夕的創作精神令人肅然起敬，太值得我們向他學習。有一度，陳延宗先生告訴我，長慶先生甚至在書店裡站著寫！我油然想起了在那拚搏的歲月中，星期天，內子在家看顧小女兒，而我帶兒子到九龍尖沙咀的快餐店，讓兒子在隔壁的遊樂場玩電動遊戲，我就在快餐店、也是站著寫的情景。三是雖然我不全懂，但長慶兄的作品金門鄉土味很重，摻入了大量閩南話，頗有特色，加上他熟悉金門的風土人情，對於像我這樣的半個「番仔」金門籍寫作人，實在很有吸收方面的裨益。

每天都要閱讀電子版《金門日報》，就先後閱讀到陳長慶的長篇連載《了尾仔囝》、《花螺》，非常佩服他那種將原始素材化為中篇、長篇文學小說的本領，在此之前，長慶已經寫了好幾部擲地有聲的長篇了。長慶最善於書寫女性的命運，最善於通過個別女性人物的一生坎坷經歷來反映大時代。《花螺》毫無例外。《花螺》是中篇，字數不算多，但一氣呵成。小說情節簡要，發展緊湊，人物刻劃鮮明突出，心理描述細膩，而文字的運用將作者熟悉的閩南方言和白話融合得天衣無縫，水乳交融。

俄國大師托爾斯泰的巨著《安娜・卡列尼娜》寫上層貴族的孽緣、寫那時代出軌的女性最後臥軌的故事，聽說被譽為世界十大長篇小說的第一位。魯迅的《祥林嫂》則是魯迅《阿Q正傳》之外的力作，寫中國女性如何在男權、父權等幾重封建勢力的壓迫下悲慘地死去。無獨有偶，兩部小說雖然篇幅懸殊，但都多次拍成電影。我忽然想起了一個非常有趣的問題。如論情節，《花螺》兼有上述兩者的情節元素。《花螺》中的女主角花螺也是出軌，命運悲慘；然而她的出軌和時代有關，她的悲慘命運也離不開時代。雖然小說那麼短，好似僅是圍繞花螺和戇牛、老王及兒子煙台的關係、糾葛展開，但卻通過人物命運，寫了整整一個時代，也即金門在戰爭陰影籠罩下的一九四九年後的幾十年狀況。

那時一大群老兵，在經過一系列緊張的殘酷戰事後，於民國三十八年跟國軍撤退到了台灣，有些就駐守金門。原祖籍山東的老兵老王，本在山東老家有個童養媳妻子春嬌，從小務農，溫柔可愛，戰爭迫使他們生死相別——當他駐紮在金門花螺家附近，擔任了二十七師衛生連伙夫班長（即伙房）。他們廚房每日廢棄的餿水和剩餘物被花螺看中可以用來餵豬。老王協助替她擔送。後來當老王知曉花螺家境不好時，更憐憫之心大起，有意將一些饅頭留下，用蒸巾包好留給她一家吃用。這當兒花螺已經嫁給了綽號「戇牛」的李大條，這個智力有問題的丈夫，每夜索取花螺肉體無度，而且將夫妻敦倫的經過一五一十繪聲繪影講述給別人聽，縱慾讓他落下了多種病灶。不久已經等同木頭人了，讓花螺常年累月獨守空房，精神寂寞。在撤退到台灣、駐守金門的炊事老班長一次與她在廚房的手兒偶然接觸，雙方情緒起了激烈的反應。老王長期思妻之苦一下在花螺身上找到了替代，花螺那豐滿柔軟的身軀終於讓老王找到了性慾多時被壓抑的突破紓解之口；同樣，渴望得到男性甘露滋潤的花螺，她那乾渴的肉體、需要強壯男體的摟抱和衝擊也得到了解決。他們像乾柴烈火一樣，從此不可收拾地在精神和肉體方面都得到了很大滿足及如願以償。這在五十年代的封建風氣中，不要說是發生在軍民之間；縱然在普通的有夫之婦身上，也是不得了的。何況是軍士和普通民女、老兵與良家婦女發生關係？而且還生了名為「煙台」的兒子。

小說後半，主要就書寫兒子從不願接受母親出軌生下他這個事實、與父母激烈衝突到最後諒解他們的詳細經過，然而花螺已經受盡社會上的百般歧視。長慶的取材雖然不特殊，但還是頗為大膽和敏感的。雖然比較諾貝爾文學獎獲得者莫言欣賞的蘇聯小說（拍成電影）《第四十一個》之「離經叛道」沒有走得那麼遠、也更可以理解。所謂軍愛民、民愛軍嘛，愛到上床、靈肉合一、死去活來，也符合人性的初衷；《第四十一個》中的女紅軍俘虜到男德軍、流落到荒島，談起戀愛，男德軍的藍眼睛令女紅軍的靈魂再也收不住，敵我間的兩人終於發生了性關係。最終德軍的船來到，德國俊兵向海邊跑去，女紅軍不得已將他射殺。這部作品莫言大為激賞，稱讚符合人性，還建議結尾可以改一下，最好讓他們生下孩子；而此部小說和電影在大陸過去長期遭到批判。

《花螺》的寫作又使我想到了長慶另一本書《特約茶室》，想到國民黨實行軍妓制度並公開化實在是勇敢的舉措。《花螺》一書（頁五十五）寫老王和花螺「盡情享受魚水之歡的同時」有一段精彩的對花螺的性心理描述，似乎語意雙關：「花螺再也受不了老王深入淺出的熟練技巧。因此，她不斷地喘息吐氣，內心不停地吶喊呼喚，再這樣下去她一定死，鐵定會死。而這種死，不就好比英勇的戰士戰死在沙場那麼地轟轟烈烈麼？能為國犧牲，為國捐軀，更是沒有遺憾。沒有怨尤。」這一段描寫令我們油然想到小徑的「特約茶室展示館」裡面的一對對聯，也是讚頌女子獻身精神的；「小女子獻身家國敞蓬門，大丈夫拚命沙場磨長槍」，橫幅是「捨身報國」四個字。雖然花螺和老王的性愛是很自然的人性流露和需求、是生理和心理的按耐不住的一起融合和大爆發，但其中花螺有沒有這種「為國捐軀」的心理成分就很難說了。多多少少都有一些吧！

回顧如今很多出洋落番的金門鄉親和其他籍貫的華人，出洋之前多數在家鄉有了妻子甚至兒女，可是在異鄉土地奮鬥多年，因謀生關係一直身不由己，無法回鄉，思鄉之苦、身邊乏人照顧，與異鄉女性接觸而日久生情，又娶一個老婆也屬人情之常。甚至娶了原住民女子（俗稱番婆）也不出奇。老炊事班長老王血氣方剛，遠離老家山東八千里雲和月，有家歸不得，從此生死兩茫茫，就近被花螺所吸引，犯了男人容易犯的錯誤，然而他是大男人，有情有義，花螺珠胎暗結之後，他也毅然負起責任，接受現實。如果沒有國共戰爭，沒有中華民族在四十年代的大分裂，也就不存在花螺的故事。因此《花螺》是現實主義之作，是一曲金門戰火的時代悲歌，為金門的歷史留下了成功的文學記錄。

在小說中，從第四十五頁到四十六頁有一段花螺性心理的具體生動的描寫，從第五十二頁到五十五頁又有一段較長篇幅的、較詳細的老王和花螺性愛過程的描寫，曾經遭到一些衛道士者之流的責難。長慶義正嚴詞地在在附錄長文《花螺本無過，何故惹塵埃》裡加以回答，寫得好！性愛，是人性的一部分，在文學作品中，性愛以前在中國大陸的文學作品中一直遭到嚴禁，一律視為洪水猛獸。殊不知性愛也是人性，也是人的慾望的一部分。莫言就說過只要人們和世界發生的，就可以寫，端看需要，不是沒有節制地胡亂寫一通。記得白先勇寫《玉卿嫂》，當中也有很大膽露骨的性愛描寫，那也是情節需要，因為那種姐弟般的戀愛心理必須和那種佔有欲很強的性愛形式結合起來寫才有力。何況《花螺》女子的命運始於一次無法壓制的性爆發。如何可以不寫呢？花螺和老王那種互相強烈需要的性愛符合特殊的環境年代，更需要詳加描述。寫他們從極度歡樂跌到極度的後悔，寫他們一次又一次的纏綿到結出煙台這個苦果。因此他們之間的性愛，在長慶筆下不能不詳加描繪了，正是他們的一時之快，引發他們欲罷不能的結合，造成戰火紛飛年月在人們身上的後遺症。應該說，這樣的題材是很典型很有代表性的。也因此，批評小說中的性愛是太沒理由了，何況，老王和花螺間的肉體關係並非僅是一次，而是數不清多少次；長慶兄詳細描寫了第一次，像是作為個案或標本解剖一次又有什麼不可呢？自此以後，小說沒有再涉及或重複，可見作者的態度其實是很嚴肅的。在二十一世紀，只要小說情節需要，性愛都可以寫，百無禁忌啊。

《花螺》是台灣和金門文學的重要文學收穫。陳長慶不愧為名副其實的扛鼎鄉土作家，他用鄉土味很重的筆調、以充滿生命力的閩南話入文，對那些文縐縐的學院派語言是一種大衝擊；小說在寫實的基調下，也融合了西方文學擅長的心理剖析。作者尤其擅長女性性心理絲絲入扣的刻劃，令整部《花螺》流露出一種浪漫和淒美。《花螺》為戰爭年月譜出了一首人性的悲歌；《花螺》也是生存年代長達幾十年的金門老兵和淳樸少婦花螺共同為時代的謬誤做出見證的實錄，是金門文學寶庫中有代表性的佳作，寫盡了人的命運和時代那種如影隨形的緊密關係。

原載二〇一三年元月二十七日《金門日報．浯江副刊》

本文作者東瑞先生，本名黃東濤，為旅港著名作家，著有《似水流年》等文學作品百餘冊，現任香港獲益出版社董事總編輯。

與時光競走

——為《了尾仔囝》而寫

從炎陽高照的盛夏，到滿地金黃的深秋，我親眼目睹門外木棉花絮紛飛，又見它落葉隨風飄零。歷經生命中的風霜雨雪，默數著百餘個日夜晨昏，終於把《了尾仔囝》這部十萬言的長篇小說寫就，並以一顆誠摯與謙卑之心，把它呈現在讀者們的面前，虛心地接受諸君的批評和指教。

不可否認地，隨著兩岸軍事對峙的緩和與兩門對開，隨著大小三通的啟航與社會變遷，金門這塊純淨樸實的土地已與爾時不能同日而語。即使舊有的社會難以獲得年輕一輩的認同，可是對老一輩的鄉親父老來說，他們懷念的仍然是昔日淳樸的民風與傳統的習俗，以及一個安定祥和、知書達理的社會。

然而，自從解嚴與戰地政務終止後，這座純樸的島嶼已徹底地改變，除去「性」和「暴力」不說，若以「騙」字而言，其花招之多委實令人瞠目結舌。諸君不妨想想此生或看看周遭，或多或少誰沒被騙過？像貓仔馬俊這個滿口謊言騙取鄉親小錢，卻被對岸女子放長線釣大魚騙走大錢的了尾仔囝，不管是罪有應得或是咎由自取，他吞下的，不都是現世現報的苦果麼？因此，無論騙人或是被人騙，似乎都能從其中得到警惕。騙人者日後必須嚐到現世報的苦果，被騙者更要記取教訓、提高警覺，萬萬不可再受騙上當，讓那些不肖之徒食髓知味、得隴望蜀。

從出生到現在，無論爾時求學或輟學在家務農，還是之後在太武山谷謀生，抑或是現今蟄居於新市里，歷經六十餘年平淡無奇的人生歲月，我鮮少離開這座島嶼，故而文學創作的領域，幾乎都圍繞著這塊歷經戰火蹂躪過的土地。儘管貓仔馬俊是我筆下塑造出來的人物，但其行為舉止與現實生活非僅有密切的關聯，更是時下社會的反映與真實人生的寫照。類似這種好高騖遠、不務正業、東詐西騙的了尾仔囝，可說不計其數。而喜歡涉足歡場當散財童子，或是尋花問柳被染上性病者更是大有人在。即使這些了尾仔囝為社會製造不少問題，也為家庭增添許多困擾，然並非每個人都能遇到像跛跤膨豬這種用心良苦的父親。他一生勞心勞力始終無怨無悔，妻子跟兵仔跑亦能坦然面對，反而被這個非自己親生骨肉的了尾仔囝折騰了大半生，讓他「氣身」又「惱命」。雖然孩子在他不遺餘力的教誨下終於洗心革面，又有一個賢慧的媳婦與乖巧的孫女讓他感到欣慰，可是每當想起彼時那段悲切的往事，內心仍有許多不堪回首的感傷，想不教他悽然淚下也難啊！

自從小三通開航以來，遊走兩岸的火山孝子，或給姘頭送生活費，或替非親生骨肉送奶粉錢者比比皆是。文中的老枝伯仔不就是一個活生生的例子麼？他外表看來一副道貌岸然的紳士模樣，批評人更是「精霸霸」，而自己卻不思檢討。即使已屆花甲之年，但仗著身邊有幾文錢，在對岸不僅有姘頭竟又去嫖妓。雖然偶而有牛鞭燉中藥讓他補身，可是依然處在「上面有想法，下面沒辦法」的窘境。「食老抑擱毋認老」的老枝伯仔，他是「開戇錢的槌哥」？還是「該已過癮著好」？誰也管不著。而姘頭懷裡那個長得「膨獅獅」的小男孩，是他的骨肉？還是別人播下的種籽由他來收穫？誰也不得而知。因為每當老枝伯仔和她難分難捨、最後不得不揮手說聲莎喲哪啦再見時，只見返鄉的船隻尚在金廈海域裡航行，馬上又有另一個不需靠牛鞭燉中藥補身的壯漢來接班。雖然老枝伯仔隱隱約約地聽到一些風言風語，但管它是一屋二夫或綠雲罩頂，依然樂不可支；甚至還洋洋得意，感到十分光彩。殊不知「提錢去予查某開，又擱去共人湊飼囝」，真是不折不扣的「倥憨膦」啊！

毋庸置疑地，這個社會原本就不完美，世間亦無人格完全或道德學行毫無瑕疵者。可是有些人則自命不凡、善於偽裝，自以為有高人一等的學養，講起話來口沫橫飛、頭頭是道。實際上在這座小小的島嶼，「尻川有幾根毛」大家看得清清楚楚，又何須自鳴清高。倘若貓仔馬俊是現實社會裡的「了尾仔囝」或是俗稱的「烏雞仔仙」，那麼老枝伯仔便是不折不扣的「老不修」和「老風流」。即便我無意對文中的情節或人物重複地加以詮說，然而每當我進入故事中的意境時，內心確實有許多莫名的感慨。甚而為貓仔馬俊和老枝伯仔的無知感到悲哀，更替跛跤膨豬這個「時來運來，討老婆帶個兒子來」的老人家抱屈。

從一九九六年復出到現在，無情的光陰已輾過我無數個日夜晨昏，即使每天與書為伍，時時刻刻不忘筆耕，可是依舊不能好好地把握當下的每一個時光，眼睜睜地看著它從我的指隙間溜走，直到生命中的紅燈亮起，始讓我感到焦急。那時，激昂的情緒久久不能平復，以為不久就要回歸塵土，四十餘年的文學生命亦將劃下句點，屆時，勢必要與我熱愛的文學說再見。故而當拙著《頹廢中的堅持》即將付梓時，我竟以〈後事〉乙文做為代序。我不僅已做好心理上的準備，也同時將四十餘年的創作歷程，做了一個詳明的交代，所以死亡對一個已準備好了的老年人來說並不可怕。因為世間原本就有輪迴，眾生的生與死，不就像車輪般不停地在轉動麼？生的要死，死的會再生，唯一的或許是下一輩子的際遇，不一定跟這輩子相同而已。故此，無論生或死，都是一種自然的現象與不可抗拒的宿命，只是遲早的問題罷了。更何況，當上天對人們做出死亡的宣判時，又有誰能蒙受祂的恩德而獲得豁免呢？可是萬萬沒想到，時隔三年後的現下，竟蒙受老天爺的垂憐與厚愛，要我在人間多看看燦爛的陽光和美麗的夕陽，多體會一下下世道的蒼茫和人情的冷暖，甚至放任我在文學這塊園地裡遨遊，因此才有這本書的問世。

原載二〇一二年三月十三日《金門日報・浯江副刊》

在生命中的黃昏暮色裡

——為《不向文壇交白卷》而寫

《不向文壇交白卷——《金門文藝》的前世今生及其他》是我繼《攀越文學的另一座高峰》後、又一本偏向於論述性的著作。收錄於書中的十篇作品，其中九篇係為兩岸八位作家的九本著作所寫的評介；另一篇則是回顧三十餘年前創辦《金門文藝》的心路歷程。前者可謂向諸友致敬，後者則是敘述創辦《金門文藝》的甘苦談。儘管是兩種截然不同的文本，但均與文學息息相關，此時把它們集聚在一起，似乎並無悖謬之處。即便它們只是我小說創作之餘的副產品，然而，書中的每一個字句，卻都是我腦汁和血汗的凝聚，我沒有割捨它們的理由。

本書評介的九本著作，無論是文學或文史，幾乎都與這塊土地密不可分。八位作者中，地域橫跨兩岸，可說老中青三代都有。他們在各自的領域不僅有非凡的成就，甚至大部分都是著作等身的作家或文史工作者。只要讀者們深入他們作品的意境裡，必可從其中領略到他們欲表達的意象是什麼。除去〈對歲月的緬懷　對故土的敬重——試讀李錫隆《新聞編採歲月》〉與〈大時代兒女的悲歌——試論康玉德《霧罩金門》〉等兩篇，係作者出書後再予以評介外，其餘七篇蒙受諸家的抬舉，均被用來當序文，的確與有榮焉。即使老朽不學無術，未能深入探討或作更完美的詮釋，但若以另一個層面而言，倘或把它當成導讀亦無不可，如此必可加深讀者們對該書的印象，引導他們進入每一個篇章的意境，繼而汲取書中的精粹，以致達到閱讀的效果、增添閱讀的樂趣。

回顧一九七三年，當這塊土地還是反攻大陸最前哨，當這座島嶼還處在戒嚴軍管時期，當我還是一個懵懵懂懂的文藝青年時，竟憑著一股不向威權低頭的意志，克服萬難，和友人共同創辦《金門文藝》雜誌，並自不量力地擔任發行人兼社長。即便我透過各種關係和管道，花費不少心血和精神，始取得新聞局核發的出版事業登記證，讓這本雜誌能在戒嚴軍管、戰地政務體制下的金門合法地發行。可是當它連續幾期呈現在讀者面前時，非僅得不到鼓勵，反而被某些旅台大專青年批評得體無完膚。於是我不僅要擔負大部分的印刷費用，更要背負《金門文藝》負面的歷史罪名。因此在出版六期後，經過反覆思考，決定暫時停刊，但惟恐得來不易的登記證遭到註銷，又出版了兩期報紙型雜誌來應付。之後始由旅台青年作家黃克全與顏國民兩位先生相繼接辦，雖然他們對這份刊物充滿著無比的信心，可是在現實環境的使然下，在同嚐辦雜誌的酸甜苦辣後，僅只革新了三期便宣告結束，於是《金門文藝》再次遭受停刊的命運。唯一留下的，或許是戒嚴軍管時期，金門地區民間第一張由行政院新聞局核發的——局版台誌字第〇〇四九號出版事業登記證，時新聞局長為錢復先生。

想不到時隔三十餘年後的二〇〇四年，《金門文藝》這塊即將銹蝕的招牌，竟被金門縣文化中心重新擦亮，並於同年七月，隨著文化中心揭牌改制為文化局而復刊。復刊後的《金門文藝》，由當年的季刊改為雙月刊，在發行人李錫隆局長的指導下，以及陳延宗總編輯用心的規劃與邀稿，無論其水準、編排或印刷，均不遜於國內其他文學刊物。其內容除了詩、散文、小說和評論外，每期並以彩色編幅介紹旅居各地的縣籍藝術家，以及刊載浯島文學獎得獎作品，報導金門藝文界相關信息……等等，可說麻雀雖小五臟俱全。而更重要的任務是，鼓勵青年學子加入寫作的行列，擔負著薪火相傳的使命。故此，不論是之前在金門服務過的文壇前輩，或是旅居海內外的詩人、作家和藝術家，以及長年居住在這座島嶼的藝文界朋友，他們無不以一顆誠摯之心，用汗水和淚水同來灌溉這棵歷經風霜的老樹，冀望它枯萎後再度萌芽時，能快快地成長茁壯，能禁得起風吹雨打太陽曬。果真如此，假以時日必能綻放出燦爛的花朵，結下甜蜜的果實，好與鄉親父老及讀者們共同分享。

可是不幸，在復刊出版四十五期、即將邁入新年度時，文化局編列《金門文藝》（六期）一百萬元印刷經費預算，卻遭金門縣議會全數刪除，並已三讀通過。當我從媒體上得知這個消息時，除了深感訝異，更是難以置信。令人費解的是，區區一百萬元印刷經費，若與每年動輒數億元的縣政預算相比，簡直就猶如九牛一毛。但不知所為何來，一本不涉及政治的純文學雜誌，一本具有指標意義的純文藝刊物，竟時運不濟，命途多舛，無端地遭受如此的命運。忝為《金門文藝》創辦人，與這份刊物早已衍生出難以割捨的深厚情感，倘或不感到遺憾、惋惜和痛心，非僅痲木不仁，亦未免過於虛假。儘管它只是一本不足輕重的文學雜誌，但對於夙有海濱鄒魯之稱、以及標榜文化立縣的金門而言，豈可輕忽這本刊物的存在。它可說與《金門季刊》相輔相成、相得益彰，同為金門的文化資產，同是金門文壇的驕傲，更是台灣各縣市所望塵莫及的！

老朽世居這座固若金湯、雄鎮海門，人文薈萃、英賢輩出的島嶼，歷經九三砲戰與八二三、六一七兩次戰役的洗禮，除了是國父孫中山先生最忠實的信徒，年輕時亦曾高呼過蔣總統萬歲，中年時是經國先生百萬個民間友人之一，年老時更是當今馬英九總統和李沃士縣長的頭家，光憑這些顯赫的經歷，足可讓後生晚輩驚歎不已。可是議會則是金門最高民意殿堂，議員的權力豈可低估，一旦法案三讀通過，除了尊重外，又有什麼方法能讓它起死回生呢？任憑老朽到兩蔣的陵園，請出他們父子的神主牌也無濟於事。或許，只有國父孫中山先生始能駕馭他們，因為三民主義是他寫的，選賢與能是他說的。雖然眼睜睜地目睹《金門文藝》第三次停刊，卻也讓我這個即將回歸塵土的老年人大開眼界，真正領教到民意代表至高無上的權力。難怪每逢選舉，候選人幾乎擠破頭，人人都想為民服務，個個都想為民喉舌；監督政府施政，看緊人民荷包，為鄉親爭取福利，是他們共同的政見；不為自己營私謀利更是他們的誓言。這是多麼地冠冕堂皇啊，想不教人讚歎也難！

從側面上瞭解，李錫隆局長曾試圖為這本雜誌說項，冀望手操預算大刀的議員們能高抬貴手，讓事態有一個轉圜的餘地，讓這本歷經苦難的雜誌免予再次遭受停刊的命運。可是諸議員仍然堅持己見、不為所動，其堅定剛正大公無私的情操，的確令人折服。然而，他們刪除這筆預算的本意為何？是否能說出一個讓鄉親父老悅服的因由，還是只要他們高興、沒有什麼不可以的。倘若民意代表與民意背道而馳，非僅不足取，也是選民不願意見到的。況且，自古以來，歷史就像一面明若觀火的大明鏡，無論是政治人物或平民百姓；無論是官宦人家或市井小民；無論是富商巨賈或貧賤窮民，其舉止行動、品德操守與所作所為，在它清明的照映下，勢必無所遁形。尤其是政治人物所有的行為，更必須受到高標準、高道德的檢驗，才能恪守國父孫中山先生選賢與能的宗旨，以及符合廣大人民的期待。至於《金門文藝》未來的境地如何，我們姑且不論，然凡走過的必留下痕跡，從此之後，《金門文藝》是走入歷史？還是有復刊的一天？一切端看它的造化了。

此時，面對命途多舛的《金門文藝》，心中雖有諸多的憤懣和感歎，但在力不能及的情況下，只有無奈地接受這個不幸的事實，要不，又能如何？況且，人生在世，不如意事常有八九，倘若要爭，就為千秋萬世而爭，毋須為一時之氣而爭，更何況，浯鄉代有人才出，又有那一個政治人物敢於保證能在浯島政壇獨領風騷一輩子？或是叱吒風雲終生？而縱令歲月更迭、時代變遷，《金門文藝》這本歷盡滄桑的雜誌，即使又一次地遭受到停刊的命運，但我相信《金門文藝》這四個字，將永遠存在於鄉親父老和讀者們的心中，亦將永恆地記錄在浯島的文學史上，讓愛好文學的朋友及後代子孫來緬懷、追念……。

重新整理好這本書，時序已進入春雨綿綿、百花盛開的季節。回首已逝的時光，內心難免有許多莫名的感傷。儘管落日已到盡頭，黑夜即將籠罩大地，緊接而來的是日薄西山的黯然時刻，但我依舊會珍惜當下的每一個時光，與我熱愛的文學相偎依。縱使不能寫出氣勢磅礴、震古鑠今的作品來回饋這片土地，但我仍會善盡一個筆耕者之責，在浯島這塊文學園地裡持續耕耘……。

原載二〇一二年五月七日《金門日報・浯江副刊》

守著田園守著家

——為《槌哥》而寫

隨著時序的更迭，隨著門外的木棉花開花又落，我終於把《槌哥》這篇小說寫完。即使槌哥只是現下社會裡的一個小人物，然而「戇囝」非僅能「飼爸」又能「埋爸」。相較於其受過高等教育的兄長，學成後非僅對家庭不聞不問，卻又處處和弟弟計較，始終把他當成戇人來看待；不僅有「軟土深掘」的意味，甚至拈斤播兩，「食伊夠、夠、夠！」縱然樣樣讓他得逞，事事讓他稱心如意，但終究還是人算不如天算。當年弟弟分到的「狗屎埔」，如今已成為建商爭先搶購的「狀元地」，一旦出售即可在一夕間致富。而他那幾塊既肥沃又濕潤的「狀元園」，在出租不成又不願白白給弟弟耕種的情境下，終於荒蕪成草埔。不管這個活生生的例子是他咎由自取？還是天公疼戇人？毋寧都是現時社會最真切的寫照。俗語說：「識也佮戇也差無偌濟」或是「識皮包戇餡」，果然有它的道理。

當我們看到槌哥把中風的父親「扶起扶落」，伺候他進食以及替他清理排泄物的情景；當我們看到槌哥用手推車推著行動不便的母親，上山「行行看看」的畫面，我們不禁要問，時下又有幾多年輕人能有如此的能耐？烏番叔夫婦原本把希望全寄託在既「識」又「巧」的大兒子身上，想不到侍奉兩老終身的竟是大字不識一個的「戇囝」。而在台灣讀完大學的大兒子，學成後彷彿已成為異鄉人，除了瞧不起這塊生他育他的土地，甚而在異鄉成家立業後，對遠在家鄉的父母親亦不聞不問。由此可見，孝順父母與所受教育是不能劃上等號的，「識」或「戇」亦沒有絕對的關聯。它必須源自子女們心靈深處真誠的流露，始能讓「孝」字深植每個人的心中，繼而地身體力行、發揚光大。但縱令如是，行孝也要及時，以免造成「樹欲靜而風不止，子欲養而親不待」的遺憾；俗語不也說：「生前予伊食一粒塗豆，較贏死後拜一個豬頭。」

槌哥一生可說充滿著傳奇，我們姑且不論是「天公疼戇人」或是「戇人有戇福」抑或是「祖公祖嬤咧保庇」。倘或沒有他的孝心和勤奮，以及自認為是作穡命而守著田園、守著家，復與土地衍生出一份血濃於水的深厚情感，想必他亦不過是隱逸在農村裡、一個卑微的小人物而已，豈敢在兄長面前據理力爭，讓先人遺留下來的田園免予淪落他人手中。即使成年後與春桃生活在一起的時光裡，其智能竟奇蹟似地恢復了正常，嚴重的口吃也獲得改善，的確讓人感到欣然。所謂「人咧做、天咧看啊！」我們不得不信服先人留下這句話的意涵。如果他置父母生死於不顧，不能讓他的孝心感動天、感動地，或是誠如晶晶對華章所說的：「不管是拜天公或拜你們家祖宗十八代，要拜你儘管去拜，我是不吃這一套的！」我們暫且不說敬天拜神是否真能獲得祂們的保佑，但人豈可忘本，焉能對神明不敬？果真如此，所有的情況勢必全然改變，槌哥仍舊是兄嫂眼中不屑一顧的「戇人」，先人遺留下來的田園厝宅，或許早已被居心叵測的兄長變賣一空。

設若以家世來說，春桃這個死翁又生過囝的查某，是不能與華章那個北仔某晶晶相提並論的。然而，儘管春桃只是一個平凡的家庭主婦，既不識字又不懂得妝扮，甚至其外表顯得比實際年齡還「臭老」，但卻是一個懂得相夫教子、勤儉持家、敦親睦鄰、孝順公婆的傳統女性。除了深獲烏番嬸的肯定，也備受村人的讚賞。相對於晶晶那個北仔查某曾對華章說：「看到你那個半身不遂的爸爸斜著頭口水不斷地流，我就想吐！看到你母親那副高高在上的惡婆婆德性，我就生氣！看到你那個傻乎乎的弟弟晃頭晃腦阿、阿、阿，阿半天還說不出一句話，我就噁心！」對於這個「書讀佇加脊骿、目睭生佇頭殼頂」沒有同理心的媳婦，難怪烏番嬸會「清心著火」。要不是有槌哥和春桃的服侍，烏番嬸在老伴過世後的幾年間，焉能過著含飴弄孫的愜意生活；甚至當她享盡天年時，也是毫無病痛、毫無牽掛、毫無遺憾，逍遙自在地走向西天的極樂世界。

仔細地一想，既然這篇小說已書寫成章，理應不該對文中的人物和故事再作任何的詮說。然而，此時我欲探討的非僅僅只是親情與人性的問題，人與土地間的情感亦在我的關注範圍之內。儘管隨著大環境的改變，致使人們對價值觀有不同的認定。誠然有人因變賣祖產而在一夕間致富，成為現實社會裡人人羨慕的「田僑仔」，但卻也有人守著田園辛勤地耕耘不讓它荒蕪。只因為先人遺留下來的田園厝宅，其紀念意義遠勝實質價值。他們情願守著田園守著家，做一輩子安貧樂道的作穡人，也不願貪圖一時的享受，輕率地去變賣祖產。倘若因某些事故而必須休耕，其產權畢竟還是屬於自己的，往後只要經過整地依然可以復耕；一旦賣掉想重新再買回，已是不可能的事。尤其當自己的良知受到金錢蒙蔽、成為勢利短視之人時，或許，其想法就猶如華章所說的：「祖公、祖公，祖公伊咧陀位，你敢有看著？祖公攏是假的，錢銀才是真的啦！」假若真出了這種不肖的子孫，勢必會讓人「氣死驗無傷」。

回顧那個務農為生的年代，土地可說是作穡人的希望，田園何嘗不是農人的瑋寶？沒有土地就沒有家，沒有田園就不能耕種，沒有五穀人類就不能生存，這是一個多麼嚴肅的問題啊！然而，當我們對上述有所體認時，必能領會到先人篳路藍縷艱辛締造家園的苦心。可是隨著科技的發達、時代的進步，人們對傳統觀念與價值觀亦有重大的改變。儘管把先人遺留下來的祖業發揚光大者有之，可是，靠著變賣祖產而在一夕間致富，復又花天酒地、散盡錢財的了尾仔囝亦不在少數。甚至有些政客為了籌措選舉經費，不得不把先人遺留下來的土地一筆一筆賤賣掉，然後以金錢換取選票。縱令有人僥倖當選，但賠上祖產又落選者亦不計其數。俗語說：「一樣米飼百樣人啊！」必有它的義理存在。

掐指一算，無情的光陰已輾過我近七十年的人生歲月，若非爾時貧寒的家境讓我輟學、成為父親農耕的幫手，現下何能寫出槌哥耕田種地的情景。遙想當年，無論是「枷車」、「牛」、「犁」、「耙」或是「鋤頭」、「三齒」、「畚箕」；或者是「播芋」、「種塗豆」、「疊蕃薯」、「種露穗」；抑或是「擔粗」、「擔糞」、「洗豬椆」、「擔豬尿」；甚至「犁園」、「拍股」、「撳蕃薯」、「抾園頭」、「掘園邊」……等等，大凡與農耕相關的「穡頭」，幾乎樣樣都歷經過。父親身分證職業欄裡清楚地記載著「自耕農」，而我記載的則是「助耕」，父子兩人可說都是道道地地的作穡人。縱然這段往事已歷經五十餘個春夏和秋冬，但如今想來則依舊歷歷在目，它似乎也是促使我書寫《槌哥》這篇小說、來探討作穡人與土地之間所衍生的情感問題。然而，隨著大環境的改變，隨著教育的普及化，此時此地沒有受過中、高等教育的青年反而是少數。可是有些年輕人學成後非僅未能學以致用，甚至好高騖遠、好吃懶做，寧願受雇於他人當廉價勞工，或是在家「靠爸」當「米蟲」，也不願在自家的田地上耕種。而老一輩的「作穡兄」，不是年老體衰就是逐漸凋零，故此，廢耕的田地不知凡幾。它不僅是人和土地之間的感情逐漸疏離的主因，也是人和土地共同的悲哀！

《槌哥》這篇小說和我之前所書寫的《了尾仔囝》可說有異曲同工之處，文中的人物對話大部分均以閩南語來呈現。可是教育部迄今尚未訂定出一套標準的閩南語字詞，致使我不得不以國立編譯館主編的《臺灣閩南語辭典》做為參考依據。縱使能從辭典裡找出通俗字或代用字，但是尚有部分文字未輸入電腦，故此在我目前使用的《大易二碼輸入法》裡，無法找到它的字根，只好以同音或同義字來取代。甚至在某些字句方面，如純以文字來看，似乎會有一時難以意會之感。然若整句把它連結後轉換成閩南語來閱讀，必可融會在島鄉文化與鄉土語言的領域裡，讓人有「美不美，故鄉水；親不親，故鄉人」的親切感。即便如此的創作方式耗費我較多的工夫，但一個在這座島嶼苦心孤詣的筆耕者，的確有義務把之前鮮少人用來作為小說人物對話的母語，透過文本重新記錄復作傳承。儘管不能作更完美的詮釋，但聊勝於無，我不僅相當在意，也備感珍惜。如果鄉親父老及讀者們能接受我如此的書寫方式，往後我創作的方向必將朝這方面來努力。尤其是這座島嶼有它獨特的歷史文化與風土民情，可書寫的題材不勝枚舉，無論我生命中的黃昏已來到，或是落日即將西沉，只要身體能夠負荷，我仍然會與熱愛的文學相偎倚，直到黑夜籠罩大地、生命歸零為止。

今年，我相繼出版了《了尾仔囝》、《花螺》、《槌哥》三本小說，以及論述《不向文壇交白卷》等四本書，如此之速率，確乎讓自己也感到意外。可是我並沒有沾沾自喜或得意忘形，心中惟有一個意圖，那便是：不管西天的落日何時沉入海底，不管黑夜何時籠罩大地，我只想趁著生命中的夕陽尚未西下時刻，為這塊歷經苦難的土地略盡一份綿薄心力。然而，卻也因自身所學有限、見聞不廣，故此學力不深、知識淺薄，難以用較深厚的文辭來顯現，僅能以平鋪直敘的手法與通俗的語言，來詮說我心中欲表達的意象。倘或這樣的創作方式能蒙受讀者諸君的青睞，我的心願便已達成，所有的付出也是值得的，我焉能再作無謂的要求。

原載二〇一二年九月二十三日《金門日報・浯江副刊》

附錄　平凡人的善良邏輯

——讀陳長慶的小說《槌哥》有感

顏炳洳

首先申明，這不是一篇文學評論。因為我認為「有資格」對陳長慶的系列創作做出解讀或評論的人也許還未誕生。寫這篇感想的目的，只是希望對今後研究陳長慶作品的朋友提供一個視角、讓他們多一個註腳、為他們撕開一點縫隙，從而一窺作者根植並深埋在家鄉土地裏的孤獨的創作靈魂。

大概十年前，一種叫嚴重急性呼吸綜合症（Severe Acute Respiratory Syndromes，SARS），俗稱SARS（大陸叫非典）的疾病在全世界迅速蔓延。當時很多地方、很多無辜善良的人都倒在SARS面前。人之間的距離感覺突然被拉遠了，儘管近在咫尺，也多被口罩隔著，捂著的口鼻之上，露出的是驚疑憂慮的眼神；但是，在災難面前，人們彼此的心靈距離似乎也靠得更近了；在也許沒有明天、沒有未來的威脅前，親情、友情、愛情，甚至那些快被世俗遺忘的低廉的美德又被一一喚醒。

那一年我帶著妻和子，刻意從西安搭機到福州鼓山、湧泉寺轉了轉，然後搭車南下到泉州清源山、開元寺等繞了繞，之後，繼續往南到廈門鼓浪嶼、南普陀寺看了看。最後回到了家鄉金門。每次聞到金廈水域海的味道，都有一種平安靠泊、如釋重負的恬然；但很難追溯是何時開始嗅覺在接收了海的鹹味、臉頰在被黏膩的海風吹拂之後，內心竟會滋生出這種如晤卿卿的感覺？

回到金門不久，參加了古崗導演董振良的「戰地影像發表會」在山外「長春書店」的簽售會，在那兒我初次感受到了陳長慶大哥的熱情——半買半送、有呷擱有掠。後來陸續幾次或單獨或與好友榮昌一起到書店找他聊天。他總是停下正在忙活的創作、熱情地倒茶招呼，陪我們品評時政、月旦人物。末了，他常會從書架上挑揀幾本書籍或他的作品相贈。

家父中風在山外醫院治療之際，他在百忙中前來探望，更帶來了幾本書讓我在病榻前可以消磨時光。書看完，幾次萌生想要寫點心得，但後來轉念想，自己不該在對他的作品還缺乏全盤了解之際就輕言妄語。尤其，在偶然讀了他被收錄在《金門新詩選集》中用家鄉話所寫的《咱的故鄉咱的詩》等幾首新詩之後，那種忍不住為之擊節嘆賞、暢快淋漓之感源源而出。對於為他作品寫點心得的想法自然得更加慎之又慎了。

說來慚愧，如今，對於陳長慶大哥的作品，我認真讀過的還是少數。妄加品評不免心虛。正躊躇之際，他的另一作品《槌哥》又登場連載了。我很喜歡讀小說，但不愛看連載，因為少了暢快連貫的感覺，像開車時不斷地遭遇堵車、不斷地碰到紅綠燈。《槌哥》一連載完畢，我翻舊賬似地一口氣從六月十三日的首篇，讀到九月十六日的結尾，一共九十六天的連載。我覺得自己無論如何也得為這一篇大約七萬五千餘字的小說《槌哥》寫點感想，讓陳長慶大哥知道我對他一直堅守在文學創作道路上的敬重，不因為他是金門文化燈塔（長春書店）的守護者、不因為他是我們的「陳大哥」、不因為曾經喝過他泡的茶、受過他情真意摯的贈書；只因為共同站立的腳底下這一方生養我們的土地。

「為土地而生而死，為土地而思而想，為土地而書而寫。」可以說就是他創作的核心主軸。他對於鄉土傳統價值的堅執，從他在小說《了尾仔囝》出版之前所寫的《與時光競走》一文中可以窺見，他說：「從出生到現在，無論爾時求學或輟學在家務農，還是之後在太武山谷謀生，抑或是現今蟄居於新市里，歷經六十餘年平淡無奇的人生歲月，我鮮少離開這座島嶼，故而文學創作的領域，幾乎都圍繞著這塊歷經戰火蹂躪過的土地。」

鮮少離開金門島的陳長慶，他的創作體量至今在金門籍作家中應該無出其右；他在小說對話中運用鄉俗俚語的嫻熟老練，也應該少有可以與之並駕齊驅者。幾年前，我曾經讀過另一位鄉賢前輩作家洪乾佑的小說《紅樹梅》。洪老可以說是研究金門母語的專家，但是，也許是離開金門的時間太久，也或許是他更習慣用「文言音」的母語。因之，表現在小說中的自敘或人物對話，或許較為古雅，但就無法像運用「白話音」那樣地鮮活立體，讀者之於書中人物，彷彿站在戲臺下看著聽著臺上的生旦淨丑角說唱著戲文，有種看客的距離感。

而陳長慶的小說，尤其是後期的幾部，雖然在自敘的部分還是傾向於使用普通漢語，但在人物對話部分已經完全採用原汁原味的母語呈現。這也是我認為《槌哥》可以列為使用母語書寫小說典範的主要緣故。《槌哥》是一個簡單的故事，也是一個寓意深長的故事。通篇蘊含著平凡人的善良邏輯與美好願望。小說開篇作者即交代了主要的情節線索與自己的價值取捨論斷。因此，小說沒有迂迴跌宕的情節，而是圍繞著作者或這塊土地上人民一直以來所堅信的善良邏輯不斷地鋪陳。

這個平凡人的善良邏輯藉著烏番嬸、春桃、阿秀，甚至由原先憨傻而後來在老天的眷顧下及春桃的調教下而變得世故老練的男主角槌哥等幾位主人公之口，不斷地吐露出來。這個邏輯的核心就是「人在做、天在看」、「天公疼憨人」、「傻人有傻福」，「孝順善良守信正直」、「自食其力」而「不忘本」的人最終必有厚福……。

小說從童年槌哥與幾個鄰居小孩一塊到魚塘遊泳而被捉弄開始，偷藏衣褲的惡作劇把戲，對很多在鄉下魚塘水壩戲耍遊泳過的男孩來說，應該是個普遍的經驗。在槌哥遭捉弄欺侮而光著屁股回家後，作為母親的烏番嬸的反應不是氣急敗壞地興師問罪，而是淡淡地說：「囡仔人的事志大人吞忍一下著煞煞去啦。若是逐項欲認真去計較，會傷到厝邊頭尾的感情。」這體現了平凡的烏番嬸息事寧人、溫厚隱忍的善良性格。

接著，小說交代了槌哥雖然憨傻，但是氣力大又秉性善良孝順，長年細心地扶持喂食父親，毫無怨言。從他結巴的口中說出：「俺娘，我是阮—阮—阮阿爸的囝，我袂使予—予伊腹肚枵。飼伊食糜是—是—是應該得啦，若無會—會—會予雷公損死。」雷公或老天爺讓傳統的孝親美德深植在憨傻的槌哥腦海裏，成了一種終生奉行的價值信仰。

烏番嬸雖然擔心自己百年後憨傻兒子的生活，但也從未對槌哥放棄希望。這種母親的本能與善良願望也驅使著她與鄰居新喪夫的寡婦春桃從「互相試探」再到互有默契地「合謀」出一齣好戲。兩女人不急於求成的善良「私心」與「願望」，逐步地推進小說的情節。憨傻的槌哥當然得掉入這對未來婆媳合張的網。槌哥與寡婦春桃「湊陣做、湊陣食、湊陣睏」已經是遲早的事了，「傻人有傻福」的善良邏輯也在此時邁入了開始收穫的階段。

第一個收穫就是槌哥改掉了「重句」（口吃）的毛病。逐漸改掉口吃的毛病，憨傻氣慢慢不見了，進而日漸靈光起來。第二個收穫是賢妻春桃與乖女兒阿秀，讓他進入了為人夫、為人父的角色。第三個收穫是生了二個兒子，續了自己與春桃前夫阿生兩邊的香火（子嗣）。第四個收穫是保住了祖宗傳下來的土地。第五個收穫是博得了鄉裏的敬重與溫厚賢孝的好名聲。

相對於服膺善良邏輯的烏番嬸、槌哥、春桃、阿秀等，作者安排了唯二的兩個惡人，即槌哥「精光」（聰明的）同胞哥哥華章和他漂亮「北仔某」（外省籍妻子）的嫂子。小說為了凸顯槌哥的憨傻善良，不斷地以華章夫妻各種不可思議的忤逆不孝為對照。這也許是一種藝術手法的需要。作者未過多著墨華章何以會變壞的比較令人可以思議的理由，只說華章到了「現實」的臺灣讀書工作，然後娶了家世還不錯的外省妻子。但是，我還是很難想像在金門吃苦長大的純樸孩子，一旦到了臺灣花花社會，娶了個漂亮又有學問的外省妻子後，會變成像華章這種背祖忘宗、拋棄父母、爭奪家產、欺壓兄弟的大惡人。也許正如烏番嬸所感嘆的：「讀冊讀佇加脊骿」（讀書讀到後背去了）、「人佇變無地看啦！」（人在轉變是無從發現的）。當然，違背平凡人的善良邏輯的華章夫婦只是配角，最終也遭到公正的老天爺的懲罰——注定成為沒有子嗣、被人唾棄的孤單老人。

《槌哥》的母語書寫，是作者紮根於土地、熱愛這塊土地的徹底體現。純母語的對話所造成的閱讀隔閡也許會讓年輕一代的讀者不得其門而入。這樣的代價我相信陳長慶是早就深知的。明知其短而執意為之，只能說明他還擁有某種超越討巧於讀者的「使命感」。正是這樣的使命感，使得陳長慶不斷地藉用既存「近似音」、「近似義」漢字，演繹著渾濁樸厚的閩南鄉音。小說能夠用典型的金門話描寫，讓我們（嫻熟金門母語者）有一種親臨的現場感。

《槌哥》的對話，對於每一個對金門母語還懷抱感情的人來說，都是一次很好的學習機會。通篇都是很道地的家鄉話，很多用語甚至已經幾年、十幾年都很少再聽著了。讓我們彷彿聽見父母輩、甚至祖父母輩的話語。作者駕馭母語和藉用漢字的卓越能力讓人歎服。而這些出現在小說中的語詞，足足可以編成一本對照的參考工具書。這也是我認為陳長慶小說異於其他小說作品的價值所在。

隨意摘抄幾段《槌哥》中對話，讀者可以試著用金門母語讀一遍，再用普通話讀一遍，然後，閉起眼睛，用自己的耳朵聆聽感受一下兩者的區別；想像一下作者試圖呈現的畫面。

——「阿爸，喙—喙—喙展開，喙展較開得；我—我—我欲飼你食糜啦！」（阿爸，嘴—嘴—嘴張開，嘴張得開一點；我—我—我要喂你吃稀飯啦！）

——「阿德這個囡仔實在誠跳鬼，除了愛創治人，嘛誠歹死。阮阿仁捌予伊拍甲鼻血雙管流。」（阿德這小孩實在真頑皮，除了喜歡捉弄人，還凶得要命。我們阿仁曾經被他打得兩行鼻血直流。）

——「槌哥，你共阿生講，講你欲共我湊作穡，共我湊飼囝，咱欲湊陣食一世人，叫伊毋免煩惱，著保庇咱。」（槌哥，你跟阿生說，說你要幫我幹農活，幫我養小孩，我們要一輩子在一起，叫他不要煩惱，要保佑我們。）

——「按爾好啦，順你啦！毋拄你也著共我記得，毋通看恁小弟忠厚老實，你著欲軟塗深掘，逐項攏著予你揞甲贏，你才會夠氣、你才會歡喜。」（這樣好啦，就依你！不過你也要給我記住，不要看你的小弟忠厚老實，你就像碰著了鬆軟的土地就拼命深挖一樣，每一項都要讓你爭到贏，你才會滿足，你才會高興。）

從對話中，我們不難發現母語對於張揚小說的生命力所起的作用。陳長慶選用於呈現閩南語的代音字、代義字絕大多數十分精準的保留了母語的韻味。如：綴（de跟）、兮昏（e heng傍晚）、逕逕仔（dao dao a慢慢的）、毋爾（m na不只）、貧憚（bin duan懶惰）、攢早頓（cuan za den準備早餐）、囥佇陀位（keng di duo wi擱在那裏）、呵咾（稱讚）、物代（mi dai為何）、喙焦（cui da口渴）、毋拄（m gu不過）、湊揣（dao che幫找）、傷早（xiu za太早）、袂咧拄好（me di du hou運氣不好）、去陀佚佗（kr duo qi tou去哪玩）……。這些母語詞彙讓小說中人物復位到生養他們的土地之上，使他們的形象更加立體，也讓他們的情感得以充分釋放。

陳長慶的《槌哥》表面上來看，描述的雖然是一個有著善良品格，又能腳踏實地、默默付出的憨傻小子，在自助、人助與天助（及祖宗庇佑）的情況下，慢慢蛻變及獲得福報的故事；但或許也是作者的一種自況、一種自我期許。相對於那些「精霸霸」、「罄瓜瓜」，書讀很多，卻「讀冊讀佇加脊骿」的失格高人、能人，以及那些唯利是圖、趨炎附勢的社會賢達，我想陳長慶自己更寧願選擇做一個憨厚誠樸的「槌哥」。他在小說中臧否的那些各自代表某種既定價值的人物，就是他一生在這小島上積澱出的善良邏輯的投射。

生於金門長於金門的陳長慶，雖然因為時代的禁錮沒能有系統地接受更高的教育，但是對於從年輕時就已經養成的寫作熱情，卻未曾須臾忘懷。沒有師從學院派的那些套路，並不意味著他就全然不懂那些「浪漫」、「現實」、「後現代」等「主義」或是什麼「後設」等手法。而是他更願意卸除文藝理論的束縛，使他的作品顯得更加單純有力。孔子曾說：「質勝文則野、文勝質則史」（質樸勝過文采就顯得粗野，文采勝過質樸就顯得虛浮）。小說和詩歌一樣，應該是根植於、棲居於大地之上的。如果文采與質樸不能兼備，寧願捨文而取質。

《槌哥》最為動人之處，是篇尾烏番婿的「巡田園」一段。日薄西山的烏番婿想要「一坵一坵巡巡看看」。槌哥陪著母親，一路巡看、一路回憶。隨著一聲聲「俺娘，妳會記的袂？（俺娘，你還記得嗎？）」而把人對生養土地之間的濃烈情感推到極致。

——「俺娘，妳會記的袂？這坵叫做刺仔跤，咱捌疊蕃薯，抑捌種塗豆。」

——「俺娘，妳會記的袂？這坵叫做大墓口，咱捌種露穗，抑捌種麥仔。」

——「俺娘，妳會記的袂？這坵叫做戰壕溝，咱捌種大麥，抑捌種玉米。」
——「俺娘，妳會記的袂？這坵叫做面前山，咱捌種符豆，抑種番仔豆。」

人對土地的感恩，人和土地的「告別」，再也沒有比用這樣的表達方式更為動人了。烏番嬸的巡田，除了話別、也有一代代傳承的用心。她對槌哥說：「每一坵園攏有較早我佮恁老爸種作行過的跤步；無管是園內的一粒沙、抑是一把塗，攏親像是咱作穡人的生命。」；她叮嚀槌哥要「時時刻刻用一種感恩的心來對待這田園，千千萬萬毋通好好園來予變草埔，若是按爾，毋爾對不起咱的祖公，嘛對不起這塊土地！」槌哥回應她的當然是堅定的承諾。

每一個人都有「巡田」的那一天。回望此生，我們不免會想，曾經在心中的那一畝田裏，播種過什麼？收穫過什麼？不管是腳下的一方土地，抑或內心的萬畝良田，都曾用不同的方式哺育我們。我們的愛慾、我們的憎惡、我們的悲歡喜捨，會在每一個時期、在心田的每一個角落，「用心」或「無心」地烙下深深淺淺的腳印。我們曾經自私、邪惡，也曾無私、善良；我們努力的聚斂，自以為擁有很多，到最後才驚覺原來所得有限，甚至，一無所有。

陳長慶的《槌哥》只是他辛勤耕耘所收穫的「莊稼」之一。他是懂得感恩、知福惜福、以筆代鋤的「作穡人」；信守踐履著「心肝若好，風水免討」的平凡人善良邏輯。儘管屬於他的創作穀倉已然盈滿，他還是孜孜矻矻的掘著田頭、掘著田邊，不斷地讓草埔變良田，讓他的「創作潤園」由「二股變四股，四股變八股，……」。

今後，如果有人問起陳長慶、問起他開墾的文學田壟裏的莊稼及風景。雖然我還沒有能力帶著他們「一坵一坵巡巡看看」，但至少，我會很願意和他們一塊兒用心聆聽槌哥陪著母親巡田時，和生養的土地間話別時的低語：

——「俺娘，妳應該會記得，這坵叫做菜園，園頭有一個古井，泉水誠飽，規年通天毋捌焦過。咱種過白菜頭、紅菜頭、菜球、高麗菜、網甲蔥、山東白、包頭蓮、菜豆、符乳豆、烏鬼仔豆；嘛捌種過刺瓜、苦瓜、金瓜、角瓜佮臭柿仔；擱有芹菜、韮菜、蒜仔佮蔥……。除了咱該已食外，有時妳嘛會提去分厝邊頭尾煮。俺娘，妳會記的袂？」

原載二〇一二年十月二日《金門日報・浯江副刊》

本文作者顏炳洳先生，著有《浯土吾情》，釋譯有《白話留庵詩文集》、《島噫詩》、《留庵文集》等書，現任《金門民報》總編輯。

無悔的抉擇

——為《將軍與蓬萊米》而寫

今年八月下旬，《中國時報》資深記者李金生先生，由《青年日報》記者楊威廉先生陪同蒞臨新市里，針對「金門特約茶室」議題專訪於我。訪問稿並分別於九月九日及十七日，在《中國時報．都會新聞版》以全版之篇幅刊出。坦白說，這段「過去」的歷史能蒙受《中時》的青睞，並由資深記者李金生先生執筆作深度報導，復又在全國性的版面刊出，身為當年業務承辦人，以及《金門特約茶室》乙書的作者，的確與有榮焉。然而，當我看到〈為了蓬萊米少將惡整少校〉這個斗大而聳動的標題時，將軍那副色迷迷的嘴臉，隨即浮現在我腦海裡，讓我原本平靜的心湖，猶如波濤洶湧的大海，內心的激昂不言可喻。這段報導除了根據我的口述外，亦參考拙著《金門特約茶室》書中的附錄——〈沉迷侍應生美色的某將軍〉，也就是〈將軍與蓬萊米〉的濃縮版書寫而成。

不可否認地，〈將軍與蓬萊米〉是我一篇極其重要的短篇小說，但在結集成書時並沒有把它歸類好，以致不能凸顯這篇作品的時空背景與既有價值。即使多年後的此時，每當想起這件事，仍然讓我感到懊悔，甚至經常地思索要如何來彌補這樁憾事。於是經過再三地考慮和斟酌，我決定以它為書名，把爾時將軍醜陋的面目與德性，原原本本地呈現在鄉親與讀者們的面前，讓他們重新看看軍管時期，某些高官不欲人知的醜行醜態。並同時把之前兩篇以特約茶室為背景的作品〈再見海南島　海南島再見〉與〈老毛〉，另加上一篇以白色恐怖為題材的近作〈人民公共客車〉，讓它們聚集在一起，成為一本單獨的小說集。縱令它們發表的時間前後相隔十餘年，但能把它們做一個妥善的歸類，對一位正與時間競走的筆耕者來說，其紀念意義遠勝實質價值。

時光匆匆，在轉瞬的剎那間，無情的光陰已讓我從朝氣蓬勃的青年，變成即將回歸塵土的老年。回顧之前書寫這幾篇小說時，內心的確有太多的感慨。但隨著歲月的更迭、年華的老去，卻也激起我青年時期諸多的回憶，始有〈再見海南島　海南島再見〉這篇小說的誕生。當讀者們讀完這篇小說，勢必能領會到情為何物，以及情的可貴。但情感的衍生確乎相當微妙，非僅要兩情相悅，更要以誠相待，始能持之以恆。這不啻是亙古不變的定律，也與地域、年齡或職業沒有絕對的關聯。故此，當這篇小說在《金門日報・浯江副刊》刊載時，曾獲得許多意想不到的回響和鼓勵。即便時隔多年，仍舊讓我銘記在心。

眾所皆知，在戒嚴軍管時期，金門長年駐守著數萬大軍，金防部直屬的金城、明德、武揚、經武四大營區，以及太武守備區與擎天峰，更有數十顆明亮耀眼的星星在閃爍，他們美其名叫「將軍」。即便多數是身經百戰、戰功彪炳、學養俱佳的將領，但亦有少數不學無術，僅懂得逢迎拍馬求官之道的軍中敗類。如果沒有親眼目睹他們囂張跋扈的醜態，我們始終認為高官有高人一等的品格和學養。可是當他們醜陋的嘴臉暴露在我們眼前時，卻也讓我們大失所望，原來將軍亦不過爾爾。甚至我筆下那位沉迷侍應生美色的將軍，其品德和操守，簡直比大字不識一個的老粗還不如。

回想當年，政戰部所有官兵幾乎都看好留學德國、學養俱佳的王副主任會晉升少將。可是元旦到台北授階的竟是此君，除了跌破眾人的眼鏡，也讓我們徹底地瞭解到卑劣而令人不敢苟同的官場文化，與此時鬧得沸沸揚揚卻查無「事證」的賣官案又有何差別？但是，吉人自有天相，惡人則會遭受天譴。翌年，王副主任除了晉升少將，並調至國安單位擔任要職，其仕途可謂如日中天；而此君不久即被解甲，其原由並非屆齡退伍，而是與酒和女人脫不了干係。縱使我無意揭露將軍醜陋的面目，亦不該把長官的醜行醜態記錄在文學作品裡。然而，爾時所發生的種種事事則歷歷在目，每逢想起，無不在我心中激盪。那時，一提起將軍的尊姓大名或綽號，幾乎無人不知、沒人不曉。唯一不知其醜行者，或許只有他自己。因為他非僅目中無人，亦從不正眼看人，故而也就疏於照照鏡子，看看自己那副不可一世的德性，以及人人欲誅之的豬哥相！

仔細地想想，將軍所作所為，以及他的品格和修養，確實不值得我們尊敬。可是，軍人素以服從為天職，即便我是聘員，亦不例外。無論將軍的人品有多麼地卑劣，或是動輒要屬下立正站好聽其訓話，個個莫不屈服於他的淫威而忍氣吞聲敢怒不敢言。儘管其惡行惡狀以及令人不齒的豬哥相上級長官已有耳聞，可是他依然我行我素、不思檢討，更不把長官的勸導當一回事。終究，夕路走多總會撞見鬼，當三杯黃湯下肚而忘了自己是誰、再次伸出令人不齒的鹹豬手時，終於踢到鐵板。其惡貫滿盈的下場，教人不勝唏噓。這不僅是他罪有應得，也是咎由自取，拍手稱慶的部屬簡直不可勝數，並非只有我一人。

可憐的將軍，在丟官又遭受解甲後，並沒有再次地蒙受命運之神的眷愛，甚至惡運連連、無日無之。最令他痛心疾首的或許是，之前蓬萊米傳染給他的梅毒，隨著官運的亨通，以及經常有拍馬屁的屬下進貢「狗鞭酒」之類的聖品讓他補身，因此毒素在他體內潛伏多年並沒有發作。而萬萬想不到，在丟官後情緒受到巨大影響的當下，梅毒竟死灰復燃，毒素不斷地在他體內蔓延、擴散，甚至一發不可收拾，真是應了俗諺：「惡人自有惡人磨，蜈蚣碰見蚰蜒螺」。於是在病入膏肓的情境下，終於走上黃泉路。任誰也想不到，一個堂堂正正的革命軍人，一個蒙受黨國栽培的將軍，最後並非戰死在沙場，而是因酒和女人而亡。

不可否認地，台灣一些在風塵打滾的性工作者，多數已知道金門特約茶室的營業環境，以及來金謀生的管道。於是她們自願承受心靈與肉體的雙重苦難，冒著砲火的危險來到這座小島討生活。即便金城總室及各分室總共只有一百六十五個房間，但數十年來，在「迎新送舊」的情境下，少說亦有數千位從事性工作的侍應生，曾經來到這座島嶼為三軍將士們服務。首先，她們必須面對那些在這座島嶼等待反攻大陸的北貢兵，除了解決他們的性需求外，亦可減少駐軍與當地婦女衍生的感情糾紛；更可避免軍人因壓抑的性無處發洩、而以暴力強姦在地婦女的失控行為。儘管她們背井離鄉，冒著砲火的危險隻身來到這座小島嶼純然是以賺錢為目的。但若以祥和安定的社會層面而言，她們對這座島嶼的貢獻則不容小覷。至少可減少當地婦女無端地遭受非理性軍人的蹂躪和禍害，這是身為金門人必須體認的事實。

固然，軍人必須有健康的身心、強壯的體魄，才能夠「打倒俄寇，反共產；消滅朱毛，殺漢奸。」彼時早晚點名必唱的：「大哉中華，代出賢能，歷經變亂，均能復興，蔣公中正，今日救星，我們跟他前進！前進，復興！復興！」這首莊嚴神聖的〈領袖歌〉，其嘹喨的歌聲迄今仍然在我們耳際繚繞。可是帶領他們出來的「蔣公中正」已客死異鄉，再也不能成為他們的「今日救星」。在反攻大陸無望時，屆齡又要遭到解甲的命運，因此，多少老兵在夜深人靜時含淚低吟：「海風翻起了白浪，白雲瀰漫著山旁，層雲的後面就是我的家鄉……。」或是「我的家在大陸上，高山高流水長，一年四季不一樣，春日柳條長，夏日荷花香，秋來楓葉紅似火，寒冬飛雪過重陽……。」當他們懷抱的美夢破碎時，又有誰能瞭解到他們內心的苦痛，以及少小離家老大不能回的思鄉情愁？每每看到他們搖頭感嘆惘然無助的神情，以及無語問蒼天的悽愴心境，想不教人悽然淚下也難啊！

自從大陸撤退迄今，多少老兵的屍首深埋在異鄉的土地上，成為無主的孤魂野鬼，這不僅是大時代的悲歌，也是那些有家歸不得的老兵心中永遠不能撫平的傷痛。即使公部門曾結合民間善心人士力量，聘請高僧為他們舉辦水陸法會，但是否真能撫慰他們的亡魂？或是讓他們的魂魄回歸故里？誰也不得而知。試想：他們一生忠黨愛國，隨著國軍部隊南征北討，而後撤退到這座離家最近的小島上，等待反攻大陸的號角響起，好衝鋒陷陣、收復河山回家去。無奈一等數十年不能如願，他們內心的苦痛非三言兩語可道盡，甚至大部分均已隨著年華的的老去而凋零。我們不得不為在這塊土地上殉難的老兵，流下一滴滴悲傷的淚水。

即使〈老毛〉這篇小說並非是全部老兵的寫照，然其有家歸不得的心境則是一致的。或許較幸運的是他退伍後，在偶然的機緣下與侍應生古秋美結成連理，而後定居在這座小島上，過著幸福美滿的生活。不管古秋美之前生下的孩子是那位恩客播下的種子，但老毛始終把他視為已出，孩子長大後亦懂得反哺，也因此而死後他的香煙有人來延續，神主牌有人來奉祀。類此，似乎也是少數在異鄉覓得終身伴侶的老兵，內心最感安慰的地方。但這種例子與撤退來台的數十萬老兵相較，仍然相形見絀。

金門地區自民國四十五年六月起，即實施戰地政務試驗，直到民國八十一年十一月始告終止，前後長達三十六年又五個月之久。其間不少鄉親因不知戒嚴軍管的利害關係而一時失察，或說錯話，或寫錯字，或誤觸法網，竟被金門防衛司令部依「戒嚴時期懲治叛亂條例」移送軍法究辦。讓人不可思議的案例是：某鄉親在候車時因一時無聊，用撿來的粉筆在金城客運公司經營的「公共客車」前端寫上「人民」兩字，成了「人民公共客車」。原本只是基於好玩的心理，但卻被有心人士密報，認為「人民」兩字是共匪的「慣用語」，且明目張膽地在公共場所書寫，有「為匪宣傳」的意圖。於是情治單位拿著雞毛當令箭，不分青紅皂白立即予以逮捕，並由武裝士兵押解到「金防部南門新生隊」偵訊、刑求。復押至警衛營羈押百餘日，過著暗無天日非人道生活，再以「叛亂」罪名移送軍法審判。

雖然軍事檢察官偵訊後，依據「戰時陸海空軍審判簡易規程」及「懲治叛亂條例」以「叛亂罪」把他提起公訴，但世間畢竟還有公理的存在，在軍事法庭審判官明察秋毫的審理下，認為「被告並無為匪工作之事證，與首開法條不合，應予諭知無罪，以昭平允」。然而，縱使還給他清白，但其受創的身心與戕害的人格尊嚴則難以彌補。在戒嚴軍管時期以及戰地政務體制下，類似如此的「政治冤獄」不知凡幾，這非僅是受難者的悲哀，也是島民的不幸。可是時至今日，又有那位在朝為官的浯島俊傑或中央民代，膽敢站出來替他們說幾句公道話，或是替他們爭取一點補償來撫慰他們創傷的心靈？

儘管政府訂定「戒嚴時期人民冤獄賠償法」，可是在爾時那個「想抓就抓」、「想打就打」、「想刑就刑」、「想放就放」的威權時代，單行法剝奪了島民應享的權利，高官的一句話就是命令，誰膽敢不服從？試想，又有什麼文件可留存下來當證物呢？因此在舉證困難的情由下，受難者想依法申請賠償談何容易，說它是緣木求魚一點也不為過。故而，它也是促使我根據那份判決書，書寫〈人民公共客車〉這篇小說來記錄這段歷史的原委。如此，不但能讓後代子孫瞭解到戒嚴軍管時期的恐怖，亦可讓他們感受到三十餘年的戰地政務試驗期間，島民身心所遭遇到的苦楚和災殃。

重新審視這幾篇作品，縱使仍有待加強與改進的空間，可是當初創作時的那份心境，迄今仍然在我心頭蕩漾。因此，我必須保留之前創作時的那份質樸，不想更動文中的任何一個章節或詞句。設若爾時沒有在金防部政戰部承辦過福利業務，沒有接觸到那些為十萬大軍服務的侍應生；沒有到過海南島的天涯海角，沒有親眼目睹將軍醜陋的面目；沒有老毛和古秋美這對露水夫妻，沒有看過中華民國四十五年度潭判字第七〇號那份判決書，豈能憑空想像出這幾篇作品的人物和故事？故而，我認為這幾篇作品必有它的可讀性與時代性，儘管小說可以虛構，但卻不能與時空背景及常情常理相違背，倘能有如此的體認，即便是虛構的故事，讀來也會有一種真實感。現下把它們聚集在一起，成為一本名符其實的小說集，復以全新的面貌來呈現，似乎並無悖謬之處，亦無矇騙讀者的意圖。

整理好這本書，老家楓香林區的楓葉已由翠綠變成紅色。轉眼，又是落葉飄零的時節，亦是自己人生歲月日暮途遠的黯淡時分。然而，無論是人生七十古來稀，或是人生七十才開始，於我都是生命中不可承受之重。即便人生七十近在眼前，但對我而言則備感遙遠，是否能幸運地抵達終點仍是未知數，豈敢輕言人生七十才開始。因此，我必須把握當下的每一個時光，趁著太陽尚未西下時刻，運用上天賦予我的智慧和毅力，在這塊歷經苦難的土地上努力耕耘。不管種下的果樹往後能採擷到多少果實，不管來日是否能感受到收穫時的喜悅，對我來說已毫無意義可言。我依然會堅持當年投身文學的初衷，以一顆誠摯而熾熱的文學心，與這塊歷盡滄桑的土地相偎倚。縱使在文學領域裡，我書寫與傳承的只是個人的心靈特質，以及對島鄉人、事、物的關注。可是我仍然深信，當四十餘年的筆耕生涯劃下句點，當生命遭受歲月的腐蝕而歸零時，我的作品依舊能在這塊生我育我的土地上流傳，故而，我又有何遺憾可言？屆時勢將含笑地走向另一個美麗的新世界，展開我神遊安樂國的另一段旅程……。

原載二〇一二年十月二十五日《金門日報・浯江副刊》

寸陰是競

——為《小辣椒》而寫

二〇一二年夏天，當我完成長篇小說《槌哥》後，《小辣椒》這個故事也開始在我腦裡醞釀著。儘管它距離成熟尚有一段距離，寫或不寫也在我內心掙扎了許久，讓我陷入矛盾的深淵裡。然而，當無情的病魔正逐漸地侵蝕我的身軀時，我已沒有時間作更多的考慮，就像年輕時務農那樣，必須趁著夕陽猶未被黑夜吞沒的時刻，揮著牛鞭加快腳步，把那畝準備種植的田地犁好。即使因時間倉促而草草了事，但如果不盡快地鬆土，復播下種籽或插上秧苗，一旦錯過春風的吹拂，春雨的滋潤，勢將影響作物的生長與日後的收成。

基於前因，縱然這篇小說仍有待商榷之處，可是我必須從速地把這個將從鄉親記憶中消失的故事書寫出來。一方面讓老一輩的讀者來回顧爾時的情景，另方面讓年輕朋友來瞭解當年的社會形態，只因為這段歷史是島民不可忘卻的一頁，一旦讓它沉沒在歲月的洪流裡，勢必難以挽回。甚而，我亦必須透過這篇作品來表達我的人生態度和社會觀。於此，無論上述是否能構成一個令人信服的理由，至少，在黃昏已到黑夜尚未籠罩大地的此時，我已把《小辣椒》這篇小說忠實地呈現在諸君面前，除了了卻自己的心願，也同時把它紀錄在金門的文學史上，因為它是屬於這座島嶼的故事，必須與它共生共存。

不可否認地，長達三十餘年的戰地政務實驗，是島民畢生難忘的記憶，也是內心永遠的疼痛。單行法剝奪他們的權利，自由離他們很遠，任由當權者為所欲為，予取予求。善良的鄉親在欲哭無淚的情境下，只好乖乖地做一個順民。縱然十萬大軍的進駐讓居民生活有了明顯的改善，可是卻也有不欲人知的一面。倘若沒有親身歷經那些苦難的煎熬，勢必難以體會那種焦慭無助的痛苦滋味。即便這段歷史已時過境遷，但之前的傷痛，卻仍舊存在於島民心靈的最深處，也許，必須等待他們走完坎坷的人生路始能撫平。儘管《小辣椒》這個故事涉及的層面僅在商場，但在車水馬龍人來人往的街道上，在靠小辣椒的姿色營商而生意興隆日進斗金的百貨店裡，何嘗不是社會另一個角落的顯現？因此，似乎更能看清楚當權者醜陋的嘴臉與人性貪婪的一面。

雖然小辣椒只是現實社會裡的一個小角色，但憑著她的美貌與親切的服務態度，以及善於利用人性的弱點來經商。縱使不能說是一夕致富，可是多年來憑著她的智慧，為她們家累積一筆為數可觀的錢財則是不爭的事實。即使曾無端地被大官或小兵吃過豆腐，貨品的高售價也被譏為加了豆腐錢，但她非僅不予計較，甚而還展現出笑臉迎人與和氣生財的經商之道。可不是，多少高齡的大官都難過她那道美人關，遑論是那些年齡相仿的充員戰士們。因此，不但沒有讓客源流失，反而門庭若市。或許，青春正是她最大的本錢，美麗則是她最大的魅力，倘若沒有一張漂亮的面孔與一副傲人的身材，復加小辣椒這個響亮的名字，豈能引起那麼多人注意，而且還有高官收她為乾女兒。雖然有些乾爹不懷好意逾越了分寸，但卻也有幾個有求必應的活菩薩。她除了靠美麗縱橫商場，也靠乾爹遊走四方，類似小辣椒這種角色，在彼時的金門社會確實是個異數。

毫無疑問地，靠裙帶關係升官的人在這個社會比比皆是。即使一輩子都要背負著倚仗女人升官的沉重包袱，但並非人人都有這個機會，除了要有一個漂亮的女人做後盾，也得看看自身的造化。假若自己學識過人而懷才不遇，必須仰賴女人的牽引始能平步青雲，雖然會引起競爭者的不滿，可是只要在工作崗位上有優異的表現，繼而受到長官與同事的肯定，如此靠裙帶關係升官倒還差強人意，其格調亦比某些不學無術，卻以金錢換取官位的投機者強上好幾倍。

就如同某些以卑劣手段獲得當選的政客們一樣，雖然擎舉著為民服務的大纛，暗地裡則為自己營私謀利，在利慾薰心的使然下，非僅不懂得反省，甚而還洋洋得意。而那些貪圖小利的選民，亦毫無民主素養可言，與國父孫中山的選賢與能簡直背道而馳。如此之敗壞社會的選舉風氣，倘或孫文先生地下有知，想不生氣也難啊！

回顧爾時那個以軍領政的年代，在政府部門及教育界，我們親眼目睹有人莫名其妙地高升，也同時看到有人無緣無故地被降調。不可否認地，高官的一句話可以左右全局，而女人的一句話又何嘗沒有舉足輕重的影響力呢？與此時的官場文化和選舉文化可說有異曲同工之趣。即便之前依賴的是人，而現下倚仗的是錢，但無論靠人或靠錢，無非都是各取所需、相互利用。至於裡面隱藏著什麼玄機，只有置身其中的人，才能領略到它的神奇和奧妙。可是升官有時也不必高興太早，當選也不必過度興奮，上台要有下台的心理準備。設若在職時目中無人、放肆傲慢，囂張跋扈、為所欲為，一旦卸任後並非無官一身輕，而是等著被人辱罵，甚至其祖宗十八代亦將蒙受其害。患有此癖好的官大人及政客們，不得不深思啊！

雖然小辣椒的行為舉止曾受到不少人的批評，但多數均為空穴來風或無的放矢。對於那些蜚言蜚語，不管是人紅是非多，還是某些人別有用心，抑或是有人故意誣陷，她始終以一顆坦然之心來面對，未曾把它放在心上。因為她自信其所作所為，並沒有對不起自己的良心。可是任誰也想不到，一個置身在戒嚴軍管時期的女流之輩，竟能憑著她的美貌與八面玲瓏的交際手腕，周旋在大官和乾爹之中。即便大部份都是為了生意起見，但何嘗沒有替自己的鄉親效勞過呢？

彼時，許多鄉親在走投無路的情境下，他們首先想到的並非是副村長或副鎮長，還是那些有頭有臉的社會人士，而是交遊廣闊卻又樂於助人的小辣椒。他們深知小辣椒認識的高官遍及防衛部各單位，其中還有好幾個是她的乾爹。在這些大官中，有管飛機的、管船票的、管醫院的、管勞軍團的、管福利品的，還有管軍用罐頭和戰備口糧的……，簡直五花八門、不勝枚舉。因此，只要鄉親有要事找上她，在其能力範圍內她絕不推辭。甚而她們家經常有人送軍用口糧和罐頭，查戶口時竟未曾再被查扣，真是此一時彼一時也。屈指一算，這些年來受她幫助的人不知凡幾，但她從不討人情，能替鄉親分憂解勞不也是功德一件嗎？她抱持的就是這種態度，儘管遭受不少人的誤解，然她則自感無愧於任何人。故此，對於外界一些惡意的批評，她除了嗤之以鼻，更不把它當一回事。

俗話說「知人知面不知心」自有它的道理存在。在小辣椒那些乾爹們，即便有值得尊敬的長輩，卻也有一些圖謀不軌的偽君子。他們往往會藉著乾女兒請託之便，或開開黃腔說些腥羶笑話，或動手動腳吃吃免費豆腐。放眼這個社會，可說形形色色的人都有，偶發事件更是千奇百怪、無奇不有。誰敢於保證沒有乾女兒被乾爹誘拐上床的情事？幸好縱橫商場多年，卻又看盡人生百態的小辣椒，早已認清這個社會，並練就一套隨機應變的本領，始免予受到那些欺世盜名的乾爹的騷擾和誘騙；甚至又能達到她所要的目的，可謂兩全其美啊！尤其她身處在這個「反共抗俄，消滅朱毛」的年代，倘若沒有高妙的交際手腕，或許只有被那些大官當玩偶戲謔的份，豈能在這座以軍領政的島嶼，縱橫四面八方，遊走在黨政軍高層之中。

毋庸置疑地，所謂「裙帶關係」，指的是丈夫因妻子的牽引才有官可做，含有濃厚的譏誚意味。即使文中的黃大千起初只是小辣椒的朋友，與「裙帶」構成不了「關係」，但最後終究得依賴這層關係始能當上主管。類似這種情形，在彼時由軍人當道的某些單位，就曾經傳得沸沸揚揚。倘若兩相對照，即便黃大千靠的是小辣椒，而小辣椒找的則是她的乾爹；但爾時某些想追求官職的人士，仰仗的卻是漂亮的老婆陪長官。至於如何陪法則是眾說紛紜，到底是純聊天或純吃飯，抑或是另有其他情事，也許，只有天知地知他知她亦知，其他人則一概不知了。然而諷刺的是，在僧多粥少的情況下，縱使有人如願晉升，卻也有人賠了夫人又折兵，真教人不勝唏噓啊！誠然，在這個虛虛實實卻又充滿變數的世界上，在這個光明與黑暗交錯而成的社會裡，有人的地方就有是非，有是非的地方就有爭議，只因為它是一個不完美的社會，處處滿佈著陷阱，一不小心，勢必就會陷入它的爛泥裹去。

若以金門善良的風俗與純樸的民風而言，小辣椒的行為舉止在某些較保守的鄉親眼裡是有瑕疵的，難怪會受到一些蜚言蜚語的困擾。尤其當她周旋在那些大官之中，以及和副營長交往的那些日子裡，假若自己沒有定力卻又不能自持，豈能堅持女人最後那道防線，保有一個完整的處女身。它或許就是小辣椒不在乎外界批評的聲浪，能夠敞開心胸坦然面對的最大原委。然而，對於一些不利於小辣椒卻又毫無根據的謠言，即便黃大千已有耳聞，但他並未曾加以猜疑。首先是尊重她有交友及交際應酬的權利，繼而是相信她的清白。也因為他不輕易聽信那些毫無根據的話，且平時態度謙沖誠懇，對養育他長大的舅父母亦孝順有加，又能刻苦耐勞、奮發立志，始能獲得小辣椒的青睞而非憐憫。

可不是，當他們辦好公證結婚回到下榻的旅社，當他們繾綣纏綿交合的那一刻，小辣椒處女的落紅已證明了一切，那些飛短流長也在驟然間不攻自破。倘或黃大千之前不分青紅皂白，選擇相信那些不實的傳言，憑他的條件，豈能擄獲小辣椒的芳心；小辣椒更不可能央請乾爹出面關說，讓他當上主管。在傳統保守的觀念裡，縱使靠女人升官並非是一件光彩的事，可是機會只有一個，誰有先見之明，誰能洞燭先機，誰即能捷足先登。因而，人與人之間的相處，設若沒有誠信為基礎，每天疑神疑鬼或相互猜疑，勢必難以恆久，甚至早已分道揚鑣。如果自負不淺又耳根軟，喜歡聽信一些閒言閒語，最後失去的勢必比獲得的還要多。儘管黃大千自小父母雙亡卻又寄人籬下，讓他感到自卑，但畢竟他是一個懂得分際又能力爭上游的現時代青年，始能升任主管又抱得美人歸。這莫非是他的造化而非僥倖！

走筆至此，仰首一望，門外木棉道上的木棉花已落盡，枝幹亦已長出茂密的綠葉，轉眼又是春去夏至炎陽高掛天際的好時光。此時正值《小辣椒》這篇小說在《金門日報．浯江副刊》連載完結即將付梓之際，身為該書作者，對文中的故事、人物和情節，理應不該再作任何的詮釋，倘能留給讀者們一個自由想像的空間，似乎較為妥貼。可是這本近十萬言的長篇小說，則是從我腦海裡一字一字慢慢地孕育出來的結晶品，就彷彿是我親手種植的小辣椒一樣，每株都是我用血汗澆灌成長的，現下始能感受到收穫的喜悅。至於它的辛辣味是否比得上湖南或四川，我不置可否。但我敢於如此說，只有種植在這方曾經瀰漫著砲火煙硝的土壤裡，才能長出這種獨具風味的小辣椒，因而，我沒有不喜歡的理由。

無可諱言地，原以為四十餘年的文學生命即將隨著病魔的摧殘而劃下句點，但是在聽天由命的心境與意志力的支撐下，無形中竟增強了生命的韌性，因此並沒有立刻被擊倒。然而，尺璧非寶，寸陰是競，我必須珍惜活著的每一個時光，與我熱愛的文學相偎倚，並把原先預定劃下的句點，轉換成令人意想不到的驚嘆號！如此，始對得起這塊生我育我的土地。果真，在罹病的這幾年間，我秉持著對文學的熱衷與執著，趁著腦未昏的時刻，以生硬的手指頭在鍵盤上敲敲打打，一字一句忠實地記下島鄉的點點滴滴，以及將從鄉親記憶中消逝的一鱗片爪。於此，終於相繼完成了《花螺》、《了尾仔囝》、《槌哥》、《小辣椒》與《不向文壇交白卷》等書。或許，它就是我現下畫蛇添足向諸君交代這段歷程的原委。

然而，縱使讀者們對文學有不同的解讀，對文籍的喜好亦不盡相同，如此這般不知是否能接受《小辣椒》這種故事和寫法？但是，不管所獲得的答案是肯定或否定，惟我已竭盡所能，把僅有的一點心力奉獻給這座歷經苦難的島嶼。唯一期望的是明兒旭日東昇，當和煦的陽光映照在浯鄉的土地上，我依舊能在這塊滿佈希望的田疇持續耕耘。不論來日想種植的是何種作物，一旦播下種籽長出新苗，理當善盡莊稼漢之責，適時澆水施肥與除草，絕不任其無端地枯萎或讓田園荒蕪；甚而更要牢記「要怎麼收穫，就要怎麼栽」這句名言。可是天亦有不從人願的時候，當生命中的紅燈已閃爍出耀眼的光芒，或許，人生歲月不日將從燦爛變成黯淡。儘管心有不甘，但畢竟是天命，不得不坦然地接受上天如是的安排。且願來生，我乃是一個勤於耕作的農夫，心中那畝肥沃的良田，想種植的作物何其多，並非僅僅小辣椒而已……。

原載二〇一三年九月九日《金門日報．浯江副刊》

感恩與感傷

——為《金門文藝》復刊而寫

二〇一二年清明節前夕，台北市金門同鄉會理事長李台山先生，趁著返金洽公與拜訪鄉親之便，撥冗前來新市里與我晤面。即使兩人係首次見面，但對台山先生大名，余則是仰慕已久。他不僅熱心公益，也關心家鄉事務，文學造詣與藝術素養更不在話下，能與其相識，可說是老朽的榮幸。然而，儘管他旅台多年且創業有成，甚至貴為某事業集團董事長，但從其身上卻嗅不到一點銅臭味，更無富豪的驕縱與霸氣，給人的印象是一位風度翩翩、溫文儒雅的謙謙君子。因此，我們一見如故，沒有初次見面時的拘束，自始至終，談笑自如。

可是，當我們談到預算遭受議會刪除而停刊的《金門文藝》時，他不僅感到惋惜，也有點不可思議。試想，一年六期的出版經費，只不過區區九十萬元，佔金門縣政府全年百億元的總預算，簡直是九牛一毛，但僅憑某議員的強勢運作，就不分青紅皂白地把它刪除精光！這對夙有「海濱鄒魯」之稱，以及標榜「文化立縣」的金門來說，難道不是一種諷刺？既然這本純文學雜誌不被那些缺乏文學素養的民意代表認同，又何須那麼沒有格調，去向他們打恭作揖、博取同情！

故而藉著與台山先生晤談的機會，我坦誠地向他陳述當年創辦這本雜誌的初衷，以及傾訴何日能讓它再次復刊的心聲。而在社會歷練多時且看盡人生百態的先生，焉有領會不出我話中涵意之理。縱使他沒有當面作任何的承諾，但卻說要把我的構想帶回台北研究研究，也因此而讓我對《金門文藝》的復刊，重新燃起一絲希望。因為我知道，台山先生是一位既守信用又重承諾的君子，想必他會竭盡所能，研究出一個令我滿意的結果。

果真經過一段時間的等待，台山先生終於打來電話告訴我說，他已邀請多位旅台作家與藝術家，共同研商《金門文藝》復刊之事宜，唯一的是對商標權仍有一些疑慮。於是我回覆他說，當初我是把《金門文藝》這個商標，無條件借予文化局使用，而文化局已無編列預算重新出刊的計劃，現下我收回商標權是合情合理的事。更何況，我亦已當面知會過李錫隆局長，絕對不會引起任何的紛爭。往後只要秉持我們當年創刊時的精神，無論採取任何期別或方式來編輯、來發行，我非僅不加干涉，也會充分尊重。但如果復刊後連續一年不出刊，則又另當別論。雖然我如此的要求對台山先生有點不禮貌，但所謂「先小人，後君子」，相信台山先生必能寬容我的鹵莽。

據側面上瞭解，儘管有人提議為了避免麻煩，建議以其他名稱另行出刊。但台山先生仍然堅持要延續《金門文藝》這塊老舊的招牌，讓它能一棒接一棒，達到薪火相傳的目的。而明知辦雜誌是一件既花錢又吃力不討好的事，可是台山先生卻願意挑起這個重擔，奉獻自己的心力，投下辛苦掙來的金錢，心甘情願地為這塊土地的藝文作傳承；冀望有一天能重新擎起《金門文藝》的火炬，讓它放射出燦爛的光芒！

然而，縱使慶幸《金門文藝》將由台山先生接辦，甚至不久之後將以全新的面貌與讀者們見面，除了感謝先生出錢出力、犧牲奉獻，也必須感謝參與這本雜誌復刊與賜稿的朋友們。可是每當想起這本命運多舛的雜誌，內心仍然百感交集，激動的情緒總是久久不能平復。尤其是文化局接辦的這幾年，因為有政府資金挹注，又有專人負責主編，這本不牽涉到政治的純文藝刊物，理應能按時出刊，並一期一期地辦下去，才符合鄉親和讀者們的期待。可是卻偏偏遇到一些自以為是的政治人物，讓它又一次遭受停刊的命運，身為它的創辦人，內心的激憤不言可喻。於是我曾於二〇一二年五月七日，在《金門日報・浯江副刊》，為這本苦難的雜誌，留下這段既感傷又憤懣的文字：

『回顧一九七三年，當這塊土地還是反攻大陸最前哨，當這座島嶼還處在戒嚴軍管時期，當我還是一個懵懵懂懂的文藝青年時，竟憑著一股不向威權低頭的意志，克服萬難，和友人共同創辦《金門文藝》雜誌，並自不量力地擔任發行人兼社長。即便我透過各種關係和管道，花費不少心血和精神，始取得新聞局核發的出版事業登記證，讓這本雜誌能在戒嚴軍管、戰地政務體制下的金門合法地發行。可是當它連續幾期呈現在讀者面前時，非僅得不到鼓勵，反而被某些旅台大專青年批評得體無完膚。於是我不僅要擔負大部分的印刷費用，更要背負《金門文藝》負面的歷史罪名。因此在出版六期後，經過反覆思考，決定暫時停刊，但惟恐得來不易的登記證遭到註銷，又出版了兩期報紙型雜誌來應付。之後始由旅台青年作家黃克全與顏國民兩位先生相繼接辦，雖然他們對這份刊物充滿著無比的信心，可是在現實環境的使然下，在同嚐辦雜誌的酸甜苦辣後，僅只革新了三期便宣告結束，故而《金門文藝》再次遭受停刊的命運。唯一留下的，或許是戒嚴軍管時期，金門地區民間第一張由行政院新聞局核發的──局版台誌字第〇〇四九號出版事業登記證，時新聞局長為錢復先生。

想不到時隔三十餘年後的二〇〇四年，《金門文藝》這塊即將銹蝕的招牌，竟被金門縣文化中心重新擦亮，並於同年七月隨著文化中心揭牌改制為文化局而復刊。復刊後的《金門文藝》，由當年的季刊改為雙月刊，在發行人李錫隆局長的指導下，以及陳延宗總編輯用心的規劃與邀稿，無論其水準、編排或印刷，均不遜於國內其他文學刊物。其內容除了詩、散文、小說和評論外，每期並以彩色編幅介紹旅居各地的縣籍藝術家，以及刊載浯島文學獎得獎作品，報導金門藝文界相關信息……等等，可說麻雀雖小五臟俱全。而更重要的任務是，鼓勵青年學子加入寫作的行列，擔負著薪火相傳的使命。因而，不論是之前在金門服務過的文壇前輩，或是旅居海內外的詩人、作家和藝術家，以及長年居住在這座島嶼的藝文界朋友，他們無不以一顆誠摯之心，用汗水和淚水同來灌溉這棵歷經風霜的老樹，冀望它枯萎後再度萌芽時，能快快地成長茁壯，能禁得起風吹雨打太陽曬。果真如此，假以時日必能綻放出燦爛的花朵，結下甜蜜的果實，好與鄉親父老及讀者們共享。

可是不幸，在復刊出版四十五期、即將邁入新年度時，文化局編列《金門文藝》（六期）九十萬元印刷經費預算，卻遭金門縣議會全數刪除，並已三讀通過。當我從媒體上得知這個消息時，除了深感訝異，更是難以置信。令人費解的是，區區九十萬元印刷經費，若與每年動輒百億元的縣政預算相比，簡直就猶如九牛一毛。但不知所為何來，一本不涉及政治的純文學雜誌，一本具有指標意義的純文藝刊物，竟時運不濟，命途多舛，無端地遭受如此的命運。忝為《金門文藝》創辦人，與這份刊物早已衍生出難以割捨的深厚情感，倘或不感到遺憾、惋惜和痛心，非僅麻木不仁，亦未免過於虛假。儘管它只是一本不足輕重的文學雜誌，但對於夙有海濱鄒魯之稱、以及標榜文化立縣的金門而言，豈可輕忽這本刊物的存在。它可說與《金門季刊》相輔相成、相得益彰，同為金門的文化資產，同是金門文壇的驕傲，更是台灣各縣市所望塵莫及的！

老朽世居這座固若金湯、雄鎮海門，人文薈萃、英賢輩出的島嶼，歷經九三砲戰與八二三、六一七兩次戰役的洗禮，除了是國父孫中山先生最忠實的信徒，年輕時亦曾高呼過蔣總統萬歲，中年時是經國先生百萬個民間友人之一，年老時更是當今馬英九總統和李沃士縣長的頭家，光憑這些顯赫的經歷，足可讓後生晚輩驚歎不已。可是議會則是金門最高民意殿堂，議員的權力豈可低估，一旦法案三讀通過，除了尊重外，又有什麼方法能讓它起死回生呢？任憑老朽到兩蔣的陵園，請出他們父子的神主牌也無濟於事。或許，只有國父孫中山先生始能駕馭他們，因為三民主義是他寫的，選賢與能是他說的。雖然眼睜睜地目睹《金門文藝》第三次停刊，卻也讓我這個即將回歸塵土的老年人大開眼界，真正領教到民意代表至高無上的權力。難怪每逢選舉，候選人幾乎擠破頭，人人都想為民服務，個個都想為民喉舌；監督政府施政，看緊人民荷包，為鄉親爭取福利，是他們共同的政見；不為自己營私謀利更是他們的誓言。這是多麼地冠冕堂皇啊，想不教人讚歎也難！

從側面上瞭解，李錫隆局長曾試圖為這本雜誌說項，冀望手操預算大刀的議員們能高抬貴手，讓事態有一個轉圜的餘地，讓這本歷經苦難的雜誌免予再次遭受停刊的命運。可是諸議員仍然堅持己見、不為所動，其堅定剛正大公無私的情操，的確令人折服。然而，他們刪除這筆預算的本意為何？是否能說出一個讓鄉親父老悅服的因由，還是只要他們高興、沒有什麼不可以的。倘若民意代表與民意背道而馳，非僅不足取，也是選民不願意見到的。況且，自古以來，歷史就像一面明若觀火的大明鏡，無論是政治人物或平民百姓；無論是官宦人家或市井小民；無論是富商巨賈或貧賤窮民，其舉止行動、品德操守與所作所為，在它清明的照映下，勢必無所遁形。尤其是政治人物所有的行為，更必須受到高標準、高道德的檢驗，才能恪守國父孫中山先生選賢與能的宗旨，以及符合廣大人民的期待。至於《金門文藝》未來的境地如何，我們姑且不論，然凡走過的必留下痕跡，從此之後，《金門文藝》是走入歷史？還是有復刊的一天？一切端看它的造化了。

此時，面對命途多舛的《金門文藝》，心中雖有諸多的憤懣和感歎，但在力不能及的情況下，只有無奈地接受這個不幸的事實，要不，又能如何？況且，人生在世，不如意事常有八九，倘若要爭，就為千秋萬世而爭，毋須為一時之氣而爭；更何況，浯鄉代有人才出，又有那一個政治人物敢於保證能在浯島政壇獨領風騷一輩子？或是叱吒風雲終生？而縱令歲月更迭、時代變遷，《金門文藝》這本歷盡滄桑的雜誌，即使又一次地遭受到停刊的命運，但我相信《金門文藝》這四個字，將永遠存在於鄉親父老和讀者們的深心中，亦將永恆地記錄在浯島的文學史上，讓愛好文學的朋友及後代子孫來緬懷、來追念。』

縱使當年書寫這段文字，並不能讓已停刊的《金門文藝》起死回生，現下重新提起似乎也沒有多大的意義。但是，我必須站在當年創辦人的立場，義無反顧地把它記錄在浯鄉的文學史上，讓海內外廣大的金門鄉親和後輩子孫，以及國內主管文化事務的官員和藝文界人士，共同來審視、來公評、來論斷；是那一位「大公無私」的議員在主導刪除這筆預算？是那些「為民喉舌」的議員跟著舉手附會？其刪除的原由和目的為何？是對人？還是對事？抑或是另有其他意圖？設若連一本不涉及政治的純文藝刊物都不能讓它存在，還談什麼文化金門？還談什麼文化立縣？主政者難道不感到汗顏？那些自認為既「賢」又「能」且與這塊土地背道而馳的民意代表，倘或不能說出一個令人折服的理由，他們將是金門文壇的歷史罪人，必須受到鄉親和讀者們的譴責和唾棄！

原載二〇一四年秋季《金門文藝》復刊一號

寫作記事

一九四六年　八月生於金門碧山。

一九六一年　六月讀完金門中學初中一年級因家貧輟學。

一九六三年　一月任金防部福利單位雇員，暇時在「明德圖書館」苦學自修。

一九六六年　三月首篇散文〈另外一個頭〉載於《正氣中華日報．正氣副刊》。

一九六八年　二月參加救國團舉辦「金門冬令文藝研習營」，講師計有：鄭愁予、黃春明、舒凡、張健、李錫奇，以及在金服役的詩人管管等，為期一週。除楊天平老師、洪篤標先生與作者係來自社會階層外，餘均為本地國、高中在學學生。現今活躍於金門文壇的作家與文史工作者例如：黃振良（曉暉）、黃長福（白翎）、林媽肴（林野）、李錫隆（古靈）……等，均為當年文藝營學員。

一九七二年

五月由金防部福利單位會計晉升經理，並在政五組兼辦防區福利業務（金防部所屬各師及海、空指部、防砲團之福利業務，以及直屬福利營站、電影院、文具供應站、特約茶室、文康中心等業務，均由其承辦）。六月由台北林白出版社出版文集《寄給異鄉的女孩》，八月再版。

一九七三年

二月長篇小說《螢》載於《正氣中華日報．正氣副刊》。五月由台北林白出版社出版發行。七月與友人創辦《金門文藝》季刊，擔任發行人兼社長，撰寫發刊詞，主編創刊號。九月行政院新聞局以局版臺誌字第〇〇四九號核發金門地區第一張雜誌登記證，時局長為錢復先生。

一九七四年

六月自金防部福利單位離職，輟筆，在金湖鎮新市里復興路經營「金門文藝季刊社」（販賣書報雜誌與文具紙張），後更改店名為「長春書店」。

一九七九年

一月《金門文藝》季刊革新一期，由旅台大專青年黃克全、顏國民等先生接辦，仍擔任發行人。

一九九五年　創作空白期（一九七四年至一九九五年），長達二十餘年。

一九九六年　七月復出，新詩〈走過天安門廣場〉載於《金門日報．浯江副刊》，八月散文〈江水悠悠江水長〉載於《青年日報副刊》。九月短篇小說〈再見海南島．海南島再見〉脫稿，廿四日起至十月五日止載於《金門日報．浯江副刊》，該文刊出後，受到讀者諸多鼓勵，亦同時引起文壇矚目。

一九九七年　一月由台北大展出版社出版發行三書：《寄給異鄉的女孩》增訂三版，《螢》再版，《再見海南島．海南島再見》初版。三月長篇小說《失去的春天》脫稿，廿五日起至六月廿五日止載於《金門日報．浯江副刊》，七月由台北大展出版社出版發行。

一九九八年　一月中篇小說《秋蓮》上卷〈再會吧，安平〉脫稿，一月廿日起至二月十八日止載於《金門日報．浯江副刊》。五月下卷〈迢遙浯鄉路〉脫稿，廿四日起至六月十五日止載於《金門日報．浯江副刊》。八月由台北大展出版社出版發行三書：《秋蓮》中篇小說，《同賞窗外風和雨》散文集，《陳長慶作品評論集》艾翎編。

一九九九年　十月散文集《何日再見西湖水》由台北大展出版社出版發行。

二〇〇〇年　五月金門縣寫作協會「讀書會」假縣立文化中心舉辦《失去的春天》研討會，作者以〈燦爛五月天〉親自導讀。十月長篇小說《午夜吹笛人》脫稿，十八日起至十二月六日止載於《金門日報・浯江副刊》，十二月由台北大展出版社出版發行。

二〇〇一年　四月〈今年的春天哪會這呢寒〉——咱的故鄉咱的詩，載於《金門日報・浯江副刊》。十二月中篇小說《春花》脫稿，廿三日起至翌年元月廿二日止載於《金門日報・浯江副刊》。

二〇〇二年　三月中篇小說《春花》由台北大展出版社出版發行。四月中篇小說《冬嬌姨》脫稿，廿九日起至五月三十一止載於《金門日報・浯江副刊》，八月由台北大展出版社出版發行。十二月由國立高雄應用科技大學金門分部觀光系主辦，行政院文建會及金門縣政府協辦之「碧山的呼喚」系列活動，作者親自朗誦閩南語詩作：〈阮的家鄉是碧山〉為活動揭開序幕。散文集《木棉花落花又開》由台北大展出版社出版發行。

二〇〇三年

五月中篇小說《夏明珠》脫稿，一日起至六月十六日止載於《金門日報・浯江副刊》，十月由台北大展出版社出版發行。同月長篇小說《烽火兒女情》脫稿，廿六日起至翌年元月九日止載於《金門日報・浯江副刊》。十一月長篇小說《失去的春天》由金門縣政府列入《金門文學叢刊》第一輯，並由台北聯經出版公司與金門縣文化局聯合出版發行。十二月〈咱的故鄉　咱的詩〉七帖，由金門縣文化中心編入《金門新詩選集》出版發行。其詩誠如國立台灣藝術大學副教授詩人張國治所言：「他植根於對時局的感受，對家鄉政治環境的變遷，世風流俗的易變，人心不古，戰火悲傷命運的淡化等子題關注，……選擇這種分行，類對句……、俗諺，類老者口述，叮嚀，類台語老歌，類台語詩的文類……鋪陳一股濃濃的鄉土情懷。」

二〇〇四年

三月長篇小說《烽火兒女情》由台北大展出版社出版發行。七月《金門文藝》由金門縣文化局復刊，並由原先之季刊改為雙月刊，發行人由局長李錫隆先生擔任，總編輯為陳延宗先生。八月長篇小說《日落馬山》脫稿，九月五日起至十二月廿六日止載於《金門日報・浯江副刊》。

二〇〇五年

元月〈歷史不容扭曲，史實不容誤導——走過烽火歲月的金門特約茶室〉脫稿，廿三日起載於《金門日報・浯江副刊》。二月長篇小說《日落馬山》

由台北大展出版社出版發行。三月散文集《時光已走遠》由金門縣文化局贊助，台北大展出版社出版發行。四月短篇小說〈將軍與蓬萊米〉脫稿，廿七日起至五月八日載於《金門日報．浯江副刊》。七月中篇小說〈老毛〉脫稿，十日起至八月十二日止載於《金門日報．浯江副刊》。八月《走過烽火歲月的金門特約茶室》獲行政院文建會、福建省政府、金酒實業（股）公司贊助，十一月由台北大展出版社出版發行。金門縣鄉土文化建設促進會於同月二十六日為作者舉辦新書發表會。二十九日《聯合報》以半版之篇幅詳加報導，撰文者為資深記者李木隆先生。

二〇〇六年

一月〈關於軍中樂園〉載於《中國時報．人間副刊》。三月五日當選金門縣采風文化發展協會第三屆理事長。長篇小說《小美人》脫稿，廿日起至七月廿七日止載於《金門日報．浯江副刊》。六月《陳長慶作品集》（一九九六～二〇〇五）全套十冊（散文卷二冊，小說卷七冊，別卷一冊）由台北秀威資訊科技公司出版發行。八月長篇小說《小美人》亦由台北秀威資訊科技公司出版發行。十一月長篇小說《李家秀秀》脫稿，十二月一日起至翌年四月五日止載於《金門日報．浯江副刊》。同月《金門特約茶室》由金門縣文化局出版發行。該書出版後，除「東森」、「三立」、「中天」、「名城」……等多家電子媒體，針對「金門軍中特約茶室」之議題，專訪作者詳予報導外，亦有部分平面媒體深入報導。計有：二〇〇七年一月十八日，《金門日報》記者陳麗好專訪報導（刊於地方新聞版）。一月二十日，廈門《海峽導報》記者林連金報導（刊於金門新聞版）。二月十一日，台北《蘋果日報》記者洪哲政報導（刊於A2要聞版）。三月十二日，台北《第一手報導雜誌社》記者蕭銘國專題報導（刊於五二七期社會新聞五十六至五十八頁）。

二〇〇七年

四月評論〈再唱一曲「西洪之歌」——試論寒玉《心情點播站》〉載於《金門日報・浯江副刊》。六月長篇小說《李家秀秀》由台北秀威資訊科技公司出版發行。《金門特約茶室》再版二刷。八月散文〈風雨飄搖寄詩人〉載於《金門日報・浯江副刊》。十月長篇小說《歹命人生》脫稿，廿一日起至翌年三月廿日止載於《金門日報・浯江副刊》。同年並相繼完成：〈風格與品味——試論林怡種的《天公疼戇人》〉、〈永不矯揉造作的筆耕者——試論寒玉的《女人話題》〉、〈省悟與感恩——試論陳順德《永恆的生命》〉等三篇評論，均分別刊載於《金門日報・浯江副刊》。

二〇〇八年

六月長篇小說《歹命人生》由台北秀威資訊科技公司出版發行。八月長篇小說《西天殘霞》脫稿，九月一日起至翌年元月廿九日止載於《金門日報・

浯江副刊》。並相繼完成：〈藝術心・文學情——試論洪明燦《藝海騰波》〉、〈走過青澀的時光歲月——試論寒玉《輾過歲月的痕跡》〉、〈以自然為師——試論洪明標《金門寫生行旅》〉、〈本是同根生　花果兩相似——張再勇《金廈風姿》跋〉等四篇評論，均分別刊載於《金門日報・浯江副刊》。張再勇先生的《金廈風姿》，更成為二〇〇八年「第三屆世界金門日翔安大會」指定贈送與會貴賓的書刊之一。十二月短篇小說〈將軍與蓬萊米〉由金門縣文化局收錄於《酒香古意——金門縣作家選集・小說卷》。

二〇〇九年

二月評論〈攀越文學的另一座高峰——試論寒玉《島嶼記事》〉，三月散文〈太湖春色〉，四月評論〈為東門歷史作見證——試論王振漢《東門傳奇》〉均分別載於《金門日報・浯江副刊》。長篇小說《西天殘霞》由台北秀威資訊科技公司出版發行。評論《攀越文學的另一座高峰》由金門縣文化局贊助出版。五月經榮總血液腫瘤科醫師證實罹患「慢性淋巴性白血病」（血癌）。六月以散文〈當生命中的紅燈亮起〉載於《金門日報・浯江副刊》敘述罹病之過程，並以「聽天由命」之坦然心胸接受追蹤檢查與治療。評論《攀越文學的另一座高峰》由金門縣文化局贊助出版。散文〈榕蔭集翠〉載於《金門日報・浯江副刊》。七月評論〈默默耕耘的園丁——試論林怡種《金門奇人軼事》〉載於《金門日報・浯江副刊》。八月《金門特約茶室》由金門縣文化局推薦，榮獲國史館台灣文獻獎。評論〈後山歷史的詮釋者——試論陳怡情《碧山史述》〉載於《金門日報．浯江副刊》，金門宗族文化研究協會《金門宗族文化》於同年冬季號（第六期）轉載。九月起專心整理友人所寫序跋與書評，並以《頹廢中的堅持》為書名。十月「咱的故鄉　咱的詩」——〈阮的家鄉是碧山〉、〈故鄉的黃昏〉、〈寫予阮俺娘的一首詩〉、〈咱主席〉、〈今年的春天哪會這呢寒〉由金門縣文化局收錄於《仙州酒引——金門縣作家選集．新詩卷》。十一月《頹廢中的堅持》整理完竣，並以〈後事〉乙文代序。十二月〈金門文藝的前世今生〉載於《金門日報．浯江副刊》，《金門文藝》雙月刊（金門縣文化局出版）於第三十四期（二〇一〇年元月）至第三十九期（二〇一〇年十一月）分六期轉載，為該雜誌留下完整的歷史記錄。

二〇一〇年

元月評論〈大時代兒女的悲歌——試論康玉德《霧罩金門》〉載於《金門日報．浯江副刊》，福建省漳州師範學院閩台文化研究所《閩台文化交流（季刊）於同年第二季（二十二期）轉載。四月評論〈誠樸素淨的女性臉譜——試論陳榮昌《金門金女人》〉載於《金門日報．浯江副刊》。五月《頹廢中的堅持》由台北秀威資訊科技公司出版發行，評論〈源自心靈深處的樂章——試論一梅《一曲鄉音情未了》〉載於《金門日報．浯江副刊》。七月評論〈尋找生命原鄉的記憶——試論寒玉《浯島組曲》〉及散文〈神經老羅〉均分別載於《金門日報．浯江副刊》。九月短篇小說〈人民公共客車〉載於《金門日報．浯江副刊》。十月《時報周刊》資深編輯楊肅民先生、採訪編輯張孝義先生以〈解放官兵四十年八三一重現金門〉為題專訪作者，並針對《金門特約茶室》乙書詳加報導，圖文刊於一七〇二期（二〇一〇年十月一日至十月七日）出版之《時報周刊》第四十一至四十五頁。評論〈對歲月的緬懷，對故土的敬重——試讀李錫隆《新聞編採歲月》〉載於《金門日報．浯江副刊》，金門文化局《金門季刊》第一〇六期摘錄轉載（二〇一一年九月）。十一月以〈一位重大傷病者的心聲〉投書《金門日報．言論廣場》，針對署立金門醫院醫師服務態度及藐視病患之權益提出批評，《金門日報》並以「社論」〈提升醫療品質　當以病人為中心〉——從陳長慶先生的投書談起，加以呼應。評論〈從歷史脈絡，尋浯島風華——試論黃振良《浯洲場與金門開拓》〉載於《金門日報．浯江副刊》。十二月散文〈風暴之後〉載於《金門日報．浯江副刊》。

二〇一一年

元月受《金門文藝》總編輯陳延宗先生之邀，撰寫【信件對談式】散文，並以〈冬陽暖暖寄詩人〉與楊忠彬先生對談。四月中篇小說〈花螺〉脫稿，十八日起至五月二十一日止載於《金門日報．浯江副刊》並針對「金門縣政留言版」二則評論，以〈花螺本無過，何故惹塵埃〉加以反駁。六月評論〈遊子心　故鄉情——試讀陳慶元教授《東吳手記》〉載於《金門日報・浯江副刊》，《金門宗族文化》一〇〇年冬季（第八期）轉載，福建省漳州師範學院閩台文化研究所《閩台文化交流》（季刊）於同年第三季（二十七期）轉載，金門縣文化局《金門季刊》第一〇七期轉載（二〇一一年十一月）。散文〈重臨翠谷〉載於《金門日報・浯江副刊》，並同時進行長篇小說《了尾仔囝》之書寫。七月經榮總血液腫瘤科醫師追蹤檢查結果，白血球已由初診時的三萬八千，上升到目前的六萬一千，惟情緒並無受到太大的影響，仍然依照原計畫，繼續撰寫《了尾仔囝》。九月長篇小說《了尾仔囝》脫稿，十一月十八日起載於《金門日報・浯江副刊》。十二月金門文化局編列《金門文藝》新年度一百萬元印刷經費，遭金門縣議會全數刪除，《金門文藝》在復刊出版四十五期後，又遭受停刊的命運。散文〈寫給來不及長大的外孫〉載於《金門日報・浯江副刊》，並決定出版中篇小說《花螺》。

二〇一二年

三月長篇小說《了尾仔囝》連載完結，並進行另一部長篇小說《槌哥》之書寫。四月長篇小說《了尾仔囝》由台北秀威資訊科技公司出版發行，評論《不向文壇交白卷——《金門文藝》的前世今生及其他》獲金門縣文化局贊助出版。五月長篇小說《槌哥》脫稿，六月十三日起載於《金門日報・浯江副刊》，九月十六日連載完結，並獲金門酒廠實業股份有限公司贊助出版。中篇小說《花螺》由台北秀威資訊科技公司出版發行。九月接受《中國時報》資深記者李金生先生專訪，訪問議題為「走過烽火歲月的金門特約茶室」，該報於同月九日在「都會新聞版」以全版之篇幅詳加報導；十七日又引述作者所著《金門特約茶室》書中資料加強報導，為特約茶室這段歷史，做最完整之詮釋。十月決定將〈再見海南島　海南島再見〉、〈將軍與蓬萊米〉、〈老毛〉與〈人民公共客車〉等四篇小說重新整理歸類，並以《將軍與蓬萊米》為書名出版。十一月散文〈那些過去的東西〉載於《金門日報．浯江副刊》。長篇小說《槌哥》由台北秀威資訊科技公司出版發行。十二月散文〈老調重彈〉載於《金門日報．浯江副刊》，並進行長篇小說《小辣椒》之書寫。

二〇一三年

三月長篇小說《小辣椒》脫稿，四月一日起至九月一日止載於《金門日報．浯江副刊》，並獲金門酒廠實業股份有限公司贊助，由台北秀威資訊科技公司出版發行。小說集《將軍與蓬萊米》亦由台北秀威資訊科技公司出版發行。十二月散文〈無齒老漢的獨白〉載於《金門日報．浯江副刊》，並進行長篇小說《晚春》之書寫。

二〇一四年

五月長篇小說《晚春》脫稿，六月十六日起載於新近創刊之《金門民報・副刊》。八月散文〈父親的遺物〉載於《金門日報・浯江副刊》。九月散文〈虛實之間的差異—「軍中樂園」的時代背景及原貌〉載於《金門日報・浯江副刊》，〈遺憾和失望〉載於《金門日報・言論廣場》。本年度就「金門特約茶室」之議題，相繼接受「三立電視公司新聞部」國際中心記者許瓊文小姐、「中天電視公司新聞部」輿情中心記者林慧君小姐、「廈門衛視」駐台記者曾繁鳳小姐、「東森電視公司新聞台」政治中心記者陳智菡小姐、「民視新聞部」採訪中心社會組副召集人蔡煌元先生、日本「朝日新聞社」國際編輯部副部長野島剛先生，以及《聯合報》都會地方中心記者蔡家蓁小姐等專訪。

釀文學175　PG1243

父親的遺物
——陳長慶散文集

作　　者	陳長慶
責任編輯	段松秀
圖文排版	周妤靜
封面設計	蔡瑋筠

出版策劃	釀出版
製作發行	秀威資訊科技股份有限公司 114 台北市內湖區瑞光路76巷65號1樓 電話：+886-2-2796-3638　傳真：+886-2-2796-1377 服務信箱：service@showwe.com.tw http://www.showwe.com.tw
郵政劃撥	19563868　戶名：秀威資訊科技股份有限公司
展售門市	國家書店【松江門市】 104 台北市中山區松江路209號1樓 電話：+886-2-2518-0207　傳真：+886-2-2518-0778
網路訂購	秀威網路書店：http://www.bodbooks.com.tw 國家網路書店：http://www.govbooks.com.tw
法律顧問	毛國樑　律師
總 經 銷	聯合發行股份有限公司 231新北市新店區寶橋路235巷6弄6號4F 電話：+886-2-2917-8022　傳真：+886-2-2915-6275

出版日期	2014年12月　BOD一版
定　　價	360元
贊助出版	金門酒廠實業股份有限公司

Printed in Taiwan

國家圖書館出版品預行編目

父親的遺物：陳長慶散文集 / 陳長慶著. -- 一版. -- 臺北市：釀出版, 2014.12

面；　公分. -- (釀文學；PG1243)

BOD版

ISBN 978-986-5696-55-9 (平裝)

855　　103022499

讀者回函卡

感謝您購買本書，為提升服務品質，請填妥以下資料，將讀者回函卡直接寄回或傳真本公司，收到您的寶貴意見後，我們會收藏記錄及檢討，謝謝！如您需要了解本公司最新出版書目、購書優惠或企劃活動，歡迎您上網查詢或下載相關資料：http:// www.showwe.com.tw

您購買的書名：＿＿＿＿＿＿＿＿＿＿＿＿＿＿＿＿＿＿＿＿

出生日期：＿＿＿＿＿年＿＿＿＿＿月＿＿＿＿＿日

學歷：□高中（含）以下　□大專　□研究所（含）以上

職業：□製造業　□金融業　□資訊業　□軍警　□傳播業　□自由業

□服務業　□公務員　□教職　□學生　□家管　□其它＿＿＿

購書地點：□網路書店　□實體書店　□書展　□郵購　□贈閱　□其他

您從何得知本書的消息？

□網路書店　□實體書店　□網路搜尋　□電子報　□書訊　□雜誌

□傳播媒體　□親友推薦　□網站推薦　□部落格　□其他＿＿＿＿＿

您對本書的評價：（請填代號　1.非常滿意　2.滿意　3.尚可　4.再改進）

封面設計＿＿　版面編排＿＿　內容＿＿　文／譯筆＿＿　價格＿＿

讀完書後您覺得：

□很有收穫　□有收穫　□收穫不多　□沒收穫

對我們的建議：＿＿＿＿＿＿＿＿＿＿＿＿＿＿＿＿＿＿＿＿

＿＿＿＿＿＿＿＿＿＿＿＿＿＿＿＿＿＿＿＿＿＿＿＿＿＿

＿＿＿＿＿＿＿＿＿＿＿＿＿＿＿＿＿＿＿＿＿＿＿＿＿＿

＿＿＿＿＿＿＿＿＿＿＿＿＿＿＿＿＿＿＿＿＿＿＿＿＿＿

請貼
郵票

11466
台北市內湖區瑞光路 76 巷 65 號 1 樓
秀威資訊科技股份有限公司 收
BOD 數位出版事業部

（請沿線對折寄回，謝謝！）

姓　名：________________　年齡：________　性別：□女　□男

郵遞區號：□□□□□

地　址：________________________________

聯絡電話：(日)________________ (夜)________________

E-mail：________________________________